送一朵花給您

三民叢刊193

簡宛 著

三民書局 印行

為有源頭活水來

林澄枝

文學的內涵，大抵不外乎抒情、敘事及論理，只是由於創作者性情、稟賦的不同，其呈現方式也就有諸多面貌；有的擅於文詞創新，有的富於哲理構思，有的善於辯證觀察，有的則工於造景賦情，雖說每個作家都各有所長，但總以有真性情在其中，才值得再三回味，否則終難掩內在的空洞貧乏。

熟悉簡宛寫作風格的人，一定都會同意，她的最大特色就是「有情」，這個特色延續至今日的新著《送一朵花給您》，仍不改初衷，在別人眼中看似稀鬆平常的事物，經她深情之筆，娓娓道來，則有如潺潺流水，滋潤讀者的心田。

譬如：在〈故鄉風味故鄉情〉中，一個燒餅師父特別為素不相識的海外同胞製作那種菱形的、上有蔥花及芝麻的燒餅，讓丈夫帶著熱呼呼的燒餅上飛機，供好友享用，這是臺灣的可愛。在作者眼中，一桌數千數萬的酒席，還不如一塊香香脆脆、甜甜蜜蜜的燒餅可愛。——這是臺灣的人情。

在〈車過綠色原野〉中，有一次作者與丈夫開車行經原野，竟有人從後面猛向他們按喇叭，作者本以為何時美國人開車也如此心煩氣躁？下車一看，原來車胎漏氣，而在換輪胎過程中，每輛往來的車子都停下來問：是否需要幫忙？甚至有開同型車的車主乾脆走下車，拿出工具要幫忙。作者還有朋友說：有一次車燈壞了，竟然有人一路護送他到家。——這是美國的人情。

在〈週末的晚上做什麼？〉中，劈頭一句話是：「你們好野啊！」原來作者的兒子在電話中與母親打哈哈，笑說「週末都找不到人」。而作者也笑呵呵地答：「跟你們學的啊！」簡單幾句話，就可看出作者與兒子的關係是何等親密，毫無代溝，真是「普天同羨」。

簡宛的文筆一向樸實自然，毫不造作，但行文運筆中，總有古詩詞或名言佳句相伴隨，使得感性的鋪陳外，又增加知性的紋理，讓文章更形雋永；尤其常有妙語湧現，猶如晴空大光乍現，令人讚嘆。所謂「萬物靜觀皆自得，四時佳興與人同」，正是她的最佳寫照。

譬如：在〈父親節快樂〉中，作者寫到：「婦幼」用多了，也許從今以後該多用「父幼」，讓父親能有機會多接近孩子，而不是只有母親獨享。這裡的「父幼」用得真是巧妙。

在〈書中日月〉中，她寫：現代人的寂寞，有時是來自於這種無話可說的空虛，面對著一堆人，面對著一街的車，只感到刺骨的冷，抽空的心，那時，你想到抓一份報紙，讀一篇好文章，與作者對話，與智慧接近。那些書，那些字，逐漸燙平了起皺的鄉愁。這最後一句，真是傳神至極，也似乎道中了你我的心事。

在〈不必全盤複製〉中，她寫：「富而有禮」是風度，「富而有義」卻是胸襟。……，禮貌容易學習，胸襟卻要高瞻遠矚的陶冶和拓展，正是島國所需要的素養。前面兩句，可謂擲地有聲，一語驚醒許多夢中人。

凡此種種，真是不勝枚舉。而作者所以能如此管中有天地，實因其有一顆活到老學到老的心。她雖旅美多年，但她寫作不斷，經常回國演講座談，出席各種文藝活動，自己在美國還主持簡宛文教中心，對中外學生傳道、授業、解惑中西文化之異同。在身兼妻子、母親、老師、作家各種身分之餘，她更有三十多本著作出版，讓人不能不稱讚她確實是個「女強人」。只是見過她的人都知道：她毫無女強人之驕氣，反而是溫柔婉約，因此我要說她是既傳統又現代，是個融新思惟與舊情感於一爐的人，而這種人正是現代社會所最缺少、也最可愛的一群。

一本好書，猶如現代忙碌社會中的一股清涼劑，可讓你止渴提神，重獲生活的原動力，這本《送一朵花給您》，將是「讀書如讀人」，讀者經過一番耳濡目染，將受作者「為有源頭活水來」的心靈感染，屆時三更有夢書當枕，你不僅會發現「書中日月長」，而且是「書中有花香」。

用心生活，也用心遊戲

劉靜娟

有些人一見面馬上可以成為好朋友，對我來說，簡宛就是這樣的人。

不過也因為我們寫作多年，「筆路」類似，一直互相讀著對方的文章，分享彼此的生活經驗；所以一旦見面，時空距離不存在，思想、話題都可以「接軌」。

我們還奇怪著居然直到六年前才有緣見面呢。據她說以前幾次回國，也曾「點名」希望見到我，卻總是陰錯陽差。好在見面了，根本不必浪費時間「虛應故事」，就做了可以交心的朋友。

大概是第二回見面吧？我們和幾個朋友在臺北東區吃飯，大家在門口互道再見時，她說離妹妹家很近，想走路回家。我欣然說陪她走。我在路邊攤買了兩個沙發靠墊，她幫我選花色，然後兩人在夜色中邊走邊談，感覺很好。意猶未盡，我還一起到她妹妹家，繼續聊，我一向不是那麼多話呢。

過很久之後，她說我那晚的談話讓她感動，也帶給她很多思考；因為我談到兒子成長期給我的挫折。

會談到小孩其實很自然。我和簡宛年齡相當，同樣有兩個年齡相當的兒子。她學教育，教養出兩個個性學業都極優秀的兒子。而我的兒子們，我也覺得他們很不錯；但是他們比較叛逆，功課也不理想，成長過程中給了我們不少煩惱。對朋友說他們的「不是」，因為知道她能理解臺灣教育下比較自主性孩子成長的艱苦。此外，其實也不無「其辭若有憾焉」的意思吧？

從此每次她回臺灣，我們一定找機會見面，還不時在電話線上聊。因為感覺見面不易，和她見面談天的機會反而比和在臺北的朋友的多呢。以朋友為鏡，我在她身上看到一些巴不得可以不花力氣就「盜版」過來的特質。

她溫婉溫和，這與她排行老大、從小會照顧弟妹有關吧？

3 用心生活，也用心遊戲

她是理直仍然氣和，卻不鄉愿，爭道理也可以好好爭的人。

她不僅外表年輕，心境也年輕，時時積極在學習在吸收新知。

她善於傾聽，讓人可以信任，有話願意對她說。

她成熟樂觀有智慧，又很能享受生活，所以婚姻美滿，孩子優秀。

這麼說，好像把她說得嚴肅了。

她當然不嚴肅，這些特質都是在尋常的行為中表現出來的。

為什麼說她很積極在學習？去年前年她在臺灣有較長時間的停留，她寫作不輟，編童話書，拜師學唱歌，在補習班學電腦，而且維持在美國的習慣，按時做瑜伽跳有氧舞蹈，不時還要去看展覽聽音樂會，到圖書館讀書找資料，旅行。日子過得這麼有秩序又進取，對體能的維護又如此有恆心，令我這種很多事隨興、一天到晚說要運動卻不能起而行、又常受情緒左右的人佩服羨慕不已。很有趣的是她說一起上電腦課的多是年輕一大截的「小朋友」，他們看她資料上寫的出生年月時，說看不出她有那麼大；卻不知她依在美國的慣例寫的是西元，而且省略了「一九」兩字，比他們以為的年紀還大十一歲呢。

學習使人年輕，只是有時我甚至覺得她太好學了，幾乎在遊戲中也要求有收穫。那也可能因為她要把握在臺灣的機會，得到更多的資訊。包括生活的、文藝的、教育的、社會的。

所謂文如其人，她的個性也表現在她的書中。

在〈爭吵的秘訣〉一文中，她寫在芝加哥轉機回北卡時，因為受風雪的影響，無法搭上原定班機；她說服了空姐讓她上另一架班機，又以微笑和講理爭取到原該有的商務艙位子。她認為「就事論事，如願以償；情緒發洩，於事無補。我學會了處理衝突之道，是用微笑，而不是吼叫」。

在〈終身學習〉一文中，她說改變就是學習的開始，學習也是改變的必然過程，經由改變往往帶來更有價值的轉機。「我們的一生中，有許多的變數，如果自己不接受改變、拒絕改變，將有如逆流而上，增加許多的困擾與折磨。」所以她在美國從事終身學習教育，自己也身體力行。

在〈車過綠色原野〉一文中，她寫的是人與人之間相互關懷的天性。車胎漏氣，後面的人關切地按喇叭示警：停下來換車胎，過往的車子都停下來問要不要幫忙，有的甚至乾脆拿出工具；有人車燈壞了，竟然有人一路護送他到家。……人間當然也有不少令人沮喪的消息，但看自己用什麼眼光來衡量，決定自己是生存在什麼樣的世界裡。她在臺灣住了一年回美國時，朋友說很替她擔心，「臺灣那麼亂，天天有搶劫多可怕。」簡宛的回答是：「你看的是報導，我經歷的是生活。報導是片面，生活是具體。美國還不是有許多神經病的人胡作非為，我們不也一樣過得快快活活？」「我們不必把垃圾往心上堆，我們要用心生活。」

她的本事就是用心生活。自己過得好，還能讓讀者分享。

《送一朵花給您》書中部分寫的是臺灣現象，部分寫的是美國現象，兩地有同有異，簡宛以她細緻的觀察，描繪縷析兩個國家的人情、風情以及社會問題。因為有愛與包容，在美國或在故鄉臺灣，她都能享受人性美好的一面。有一點讓我特別注意到的是，她雖在美國將近三十年，回到臺灣，卻仍習慣使用臺語或國語，而且說得很「輪轉」；唯一常聽她說的英語是enjoy。她說學電腦很enjoy，和丈夫每天穿休閒服在住處附近散步很enjoy，和朋友喝茶聊天很enjoy，因為藏書豐富索求資料方便更使她認為在臺灣的圖書館看書很enjoy，……

能理性看待世相，不會無知於世間的不完美；卻仍能以一顆溫柔的心包容人性的不完美，過感性而積極的生活，難怪她的人溫婉文筆敦厚。能認真學習，也能享受平凡，這也許是生存在今日複雜多變的世界上最聰明成熟的選擇吧？

目次

送一朵花給您

美國現象

朗朗書聲

愛從這裡開始

學習的心

臺灣現象

3 滾石不生苔

滾石不生苔

每次回臺灣，我的朋友都會問我：「你知不知道除了臺灣，世界上還有許多好玩的地方？」

「知道。」我回答，「可是臺灣是我的故鄉，世界上好玩的事很多，但故鄉只有一個。」

朋友默然，片刻後，她說：「有家可回確實不錯。」她是捷克人，不知是否有感而發？

多麼高興，有一整年的時間，可以享受故鄉溫情，「少小離家老大回，鄉音未改兩鬢斑……。」然而心境卻仍然停留在青春的年代，儘管臺北改變許多，儘管青春不再，但是在美國生活了二十八年，站在時間的分水嶺上，我一向自稱「美國年齡只有二十八歲」，在二十多歲時出國，雖然也常常回國，但像這次一住經年，也是未曾有過，與故鄉可以朝夕相處，上山下海的廝磨，那份熱絡，更不像是年逾半百的中年人。不錯，「我也只有二十出頭的臺灣年齡。」我們忘了年齡，「滾動的石頭不長苔」，如果那苔是使人僵硬老化，不長苔，也就有活力，我一向是不可救藥的樂觀者，活動就是證明生命的跳躍，不長苔何妨？

常常聽人說，臺北的生活品質太差，空氣污染，交通紛亂，又有太多令人驚心動魄的社會問題……幾乎一天都呆不下去，可是那一個大城市沒有大大小小的問題？我可以和朋友在夜晚的臺北街頭走路、吃路邊攤，可是我從來不敢晚上獨自走在紐約的星空下，當然也儘可能不要一個人坐地鐵，現代人的悲哀，失去了人與人之間的互信，活著怎能自在？故鄉，但願您能永遠給我們這份自在。

不過，臺灣確實變化太大，雖然每年回家，仍然有許多陌生的地方，以前田野阡陌，而今人車相爭，過馬路上街，往往成了一大恐懼。前幾天過街，明明是等到換了綠燈才舉步，一輛機車卻直行而過，在這千鈞一髮之際，我被丈夫一把捉回，保住了小命。在美國開了二十幾年的車，回到故鄉，卻不敢駕駛，路不熟雖可看地圖，「交通規則卻因人而異，只供參考」，每位開車的人，自有一套快慢安危的準則，只是我尚未學到。

回來最大的進步是搭乘公車的本事，以前回臺，都是計程車來去，朋友說，你這樣怎能認識臺北？因此下定決心捨小車坐大車，在同車共擠中，確實感到人與人之間的相互關係是如此密切。偶爾讀讀公車上的散文，與放學的學生聊聊天，也是一大樂事，因為看到他們，使我想起大學剛剛畢業時，在國中教書的日子。

快樂是要自己去找的，而且隨時都有，雖然臺北有動輒百萬千萬的大排場，我喜歡看到的卻是存在於市井小民間的小情小愛，在風景區撿垃圾的義工，在清晨掃街的工人，按時抵達的垃圾車，在市場賣菜的阿婆……。在美國車來車往的生活，車房連著廚房，少了許多人與人之間的來往樂趣，如今腳踏故土，一一回到踏實生活。

到美國學習了二十多年西方文明，回來溫故知新，學習故鄉的新文化，「活到老，學到老」，大概也是如此之故，讓滾石不生苔，也希望心靈不設限，歲月流轉中，我們永遠保持著不老的心，不生皺紋的容顏。

故鄉風味故鄉情

民以食為天，在我們的傳統中，「吃」是一個很重要的文化，曾經有人笑談，「原子彈如果能吃，中國人早就發明了。」可見，吃，在國人的排行次序上，是名列第一的。而走遍世界各地，幾乎都有中菜館，中國菜受歡迎的程度，當然也證明了我們的美食文化，名不虛傳。

臺灣的美食，我以為更高過香港與大陸，因為集各省佳餚於一爐，不像在香港以粵菜為主，大陸各省以各省的名菜著稱，不能像臺北，要吃遍麵食、菜點、南北口味，絕無問題，是否因此，臺北的餐館林立，根據財政部一項資料指出，一年花在筵席上的費用就有六十多億，可能全省營業額還不止此數。

然而，我對吃沒有研究，也不太講究，我只愛那小時候吃過的最原始的麵點小菜，在國外這麼多年，「吃」已經是一種情感上的相思，而不是口覺上的享受。一套燒餅油條、一碗擔仔麵、一個燒肉粽……都比整桌的酒席更令我唇頰留香，回味不已。

剛回到臺北那一陣子，最懷念和母親上街吃小吃的樂趣，阿姨知道我嗜吃糯米類食物，就常常親自包了粽子給我吃，今年已八十高齡的阿姨，貴為董事長，養尊處優，但是包起粽子，也是第一流，她親自採購佐料之外，那粽子的火候與軟硬適中，絕非泛泛可比，我的口福不錯，阿姨已經為我包了好幾次粽子，我的朋友也有口福分享到這份溫情美味的「燒肉粽」。有分享才有快樂，吃不重要，情意才珍貴，最近還讓我嘗到了久違的「燒餅」，趕快分享。

十月底丈夫要為他的學生論文口試，從臺北直飛美國東岸，想起我在臺北，享受「小吃」的快樂，不能獨享，總要讓我在美國的好友們也樂一樂。「身處海外，心念故鄉」，我遂想起了幾年前我從臺北飛回美國時，拎了五十套燒餅油條，到家之後，呼朋引伴，全來我家嘗嘗，故鄉風味的盛況。雖然，如今在美國，什麼都吃得到了，連燒餅油條也不難。但是，不一樣，就是不一樣，我所指的燒餅，還不是普通的方形燒餅，是那種菱形的，有一些蔥花，外面有許多芝麻，朋友至今還念念不忘。當然，不僅是燒餅地道又新鮮，自然還有一份千里鴻毛（燒餅的情意）。所以丈夫任重道遠，雙手拎了出爐燒餅飛美。

燒餅師傅很夠義氣，他本來已經不做了，「那種燒餅又麻煩，又講究火候與功力。」但是，他竟然犧牲休假，為我趕工，這就是臺灣的可愛。一個燒餅，從發麵，揉麵，到烤好出爐，全是「手工」——老板親自出馬，只為了素不相識的海外同胞。「太久不做了，手感不好。」他還自謙地說。我安慰他：「好吃，好吃。」確實是好吃，外皮香脆，裡面柔軟，嚼在口中，又有一份麵粉發酵後，甜滋滋的口感，是最自然、最營養的食物，我們竟然沒有把它發揚光大，甚至已將絕跡，多麼可惜。

一桌數千數萬的酒席，對我而言，還不如一塊香香脆脆、甜蜜蜜的燒餅可愛，因為那是最純樸、最自然的食物，還包涵著不矯揉做作的人情。這樣簡單的快樂，卻也不容易找到呢！昔日故鄉風味，故鄉情，更加令人珍惜。

走在臺北街頭

從仁愛路三段的中國廣播公司走出來，九點多鐘的臺北市，夜才剛啟幕，商店尚未打烊，車子仍然滑行於街道，只是少去了白晝的擁擠與喧鬧，有一種安詳。雖然白天，看日光照射在仁愛路兩旁的林蔭大道上，是我喜愛的街景，然而往往在行人如織，車來人往中，使我失去了駐足欣賞的情趣，有好幾次，在早晨的臺北街頭，我被那行色匆忙的人群，被那肩踵相接你擠我推的粗魯而昏頭轉向，也跟著趕路，跟著匆忙，彷彿不這樣，就不像活在大都市的臺北，把原有的悠閒心情，也撐得滿滿飽飽地如箭在絃，張弓待發。

現在慢慢地走著，忍不住東張西望的看著街景與人臉，夜色中的臺北，除了月光與燈光，已籠罩在黑暗中，擦肩而過的人群，即使看不清楚，彷彿也感受得到那份匆忙與凝重。我常常問起國外來訪的友人，對臺北印象最深的是什麼？

「車多。」幾乎不假思索的回答。

「還有呢？」我再追問一句。

「嚴肅。」他們會加上一句：「臺北人不愛笑！」

我開始為這句「臺北人不愛笑」觀察，確實發現我們不苟言笑的性格，深深的、明顯的印在熙來人往的眾生相上。

真的我們太嚴肅了，在公車上、在大街上、在百貨公司裡、在公共場所中……，全是緊閉的嘴，只有在餐廳中，我們聽到喧嘩與高聲大笑，但卻又帶著幾分狂放與任性，以及唯我獨尊的「爽」。

在國外住久的朋友，跟我說了一個笑話，她剛回臺時，仍然習慣見到人就說「嗨！」笑臉迎人的打著招呼，才第三天，上菜場的路上，後面跟了一個人，緊跟不捨，她稍停駐足商家門口，那人跟上來，在她背後低語：「小姐，我那一天請妳喝咖啡好嗎？」

她嚇了一跳，從此不敢笑臉迎人，更不敢在電梯間表示友善，因為萬一碰到自作多情的人，就麻煩了。但是，人與人之間失去了信賴，還剩下什麼呢？

我慢慢走在臺北東區的街上，雖然有許多的警告：坐計程車要小心、晚上一個人走路要小心，但是，在所有大都市中，只有臺北的夜晚，我敢自由自在的走路看風景，一則，我太熟悉這塊土地，雖然常年住在國外，但我始終有份熟悉與信賴。每個文化有每個文化的來龍去脈，笑臉、苦臉，每個臉上，也告訴了不同的心境與情懷。如果生活悠閒、如果社會和樂，即使不笑，臉上也有自在的泰然。

我隨時隨地，在白天或夜晚的臺北，想找尋的就是這份泰然。

臺北迷人處

像世界大都市，紐約一樣，臺北有許多令人詬病之處，譬如交通擁擠，人口多，生活空間太小，但是，仍然有許多人湧向紐約，一住就不捨得搬走。臺北和紐約一樣，儘管毛病不少，如果要離開它，我也是會依依不捨的。

譬如國家音樂廳，世界第一流的交響樂，我們在美國住了二十多年，未必有這麼好的機會享受，尤其是這次，林昭亮與馬友友的同臺演出，多麼難得，令人興奮得幾乎忘了那「人山人海」的擁擠。光是場外，開放給免費收聽與觀賞大映像轉播的人潮，就有三萬人，場內座無虛席，樓上樓下黑壓壓一片，六千元臺幣一張的票價，並不便宜，但是文建會也體恤買不起票的音樂愛好者，除了實況轉播，免費給場外人士欣賞外，沒有賣出的票，一律送給了各校的音樂系師生。在短短的一個半小時演奏中，加上一再的「安可」，兩位世界級的音樂家，相信也和觀眾一樣，都是難得又難忘的回憶。因為這是為故鄉鄉親而演奏的。

除了音樂會，雲門舞集的公演，已經象徵了一種理念的落實呈現。林懷民雖然比我年輕一些，畢竟我們走過同一年代，他最近上演的「家族合照」更有了創新的手法，融和舞蹈與思考，歲月在他的舞蹈中，有了不同的面貌。他致力於雲門的耕耘，令我敬佩，也證實了我始終相信的一句話——有心的地方，就有希望。

除了音樂演奏、舞蹈、話劇之外，海峽兩岸的京劇名角，也常有交流公演的機會，大大的飽了眼福、耳福。連我小時候愛看的歌仔戲，如今都有了更具水準的演出，臺北人，只要有閒，音樂、舞蹈、戲劇以及畫展，更是百看不厭。故宮的展覽之外，黃金印象我們在國外也許也看得到一些，但是，目前在歷史博物館展出的大陸名畫家潘天壽畫展就確實值得專程跑一趟，還有國父紀念館定期免費的大師畫展，讓我常常流連忘返。

精緻的藝術活動，要有政府推展，但戶外的山水，卻隨時供人欣賞，你若不在意徒步，不在意偏僻，市郊外的山景，就讓人常有「驚艷」的歡呼。上週末，與朋友一時興起，驅車上山，蜿蜒的小徑，我們下車步行，那居高臨下的視覺，也讓我更愛這份山的嫵媚。也許，離開大自然太久，也許，我多年居住的異鄉，沒有山巒相疊的靈秀，我只覺得，站在山頂俯視的剎那，找回了些許童年與青春的故鄉那逐漸在都市叢林、在高樓大廈中消失了田野風光。

臺灣不大，臺北更小，就是因為小，我們才成了生命的共同體，大事小事，全逃不過視野；好事壞事，也全成了新聞，在同舟共濟、甘苦與共的情況下，「風聲、雨聲、讀書聲，聲聲入耳。」也因為這樣的相濡以沫，我們更需要保留一點空間，保持一些距離，來欣賞故鄉、來細數它的迷人之處。

會鬧的孩子有糖吃，嘩眾取寵的新聞引人注意，因此，腳踏實地、認真做事的人，倒成了沈默的大多數。臺北的迷人，也就在那山迴路轉中，隨時有新趣與新機，那可不是吵和鬧可以得到的。

故鄉之美

十二月底，趁著孩子放寒假，從美國回臺小住，帶他們欣賞故鄉風光，想到了久違了的東海岸縱谷與海岸線，於是全家一起飛往花蓮度假。

花蓮，這個仍然保有純樸風味的城市，除了秀麗山水，令人流連忘返外，它那沿海的奇石白浪，並不輸於美國加州著名的「十七哩海岸線」風光，而中橫公路沿途的奇石峭壁，更是天下奇觀。比世界著名的落磯山景觀，有過之而無不及。

從臺北乘飛機抵花蓮，把擁擠與吵鬧拋諸腦後，在臺北住了將近一年，不敢開車，縮頭縮尾的怕過馬路，在花蓮全然消失，我們租了車，看好地圖，一家四口，就直奔天祥。

天祥，距上次來已轉眼二十年，山，仍然奇偉，燕子口、九曲洞，依然壯麗，孩子們嘆為觀止，「幸好有機會開車經過，又徒步遊覽，不然我們以為臺北就是臺灣」兄弟倆齊聲說著，他們的話，不也代表了許多人的心聲？

「臺北就是臺灣」的印象，不僅是吾家兩個久居國外的小子誤解如此，許多旅居海外，或久居臺北的「異鄉人」也認為如此，臺北的擠和亂、臺北的繁榮和進步、臺北的喧嘩與方便、臺北的一切……視為當然的，像是窗口，臺北播放著臺灣的映像與訊息，也似乎代表著臺灣印象。

可是，臺北不是臺灣，臺北以外的臺灣，有它的特色，譬如花蓮，一面山、一面海，直直的海岸線，峻峭的山岩陡壁，太魯閣、天祥，讓我們看盡了臺灣的山水，而花蓮，號稱是臺灣的淨土，沒有污染和擁擠，迥然不同於臺北的肩踵相接、人車爭道的無禮。

幸好我們走出臺北，幸好我們放開胸懷，故鄉的風光，一一欣賞，故鄉的人情更是難忘，我們若要改變心中臺灣的映像，必須走出臺北，看看青山綠水，走入城鄉小鎮，接近純樸人民，真正臺灣的命脈，不是在燈火如畫的臺北，不是在車來車往的大城，而是那辛勤苦幹的人民，每一個安份守己的小百姓，每一個守著工作崗位的大眾。

幸好，我走出臺北，讓我真正認識了故鄉的好山好水好風采。

如此遙遠——如此美麗

多年前，朋友告訴我一個趣事——

有一位來臺訪問的外賓，接受記者訪問時，記者問其抵臺印象，由於剛抵達即接受訪問，外賓答以英文：「So Far So Good」，譯者聽後，直接譯成「如此遙遠，如此美麗」，使得懂英文的在場人士，啼笑皆非。本當譯成：「到目前為止，一切皆好」的意思，被想像力豐富又不諳美式俚語的譯者，說成如此詩情畫意。甚至第二天報上也以此刊出，是非真假，無人爭辯，反正是官場應酬話，都差不多吧！

我此時，也有這樣的心情「So Far So Good」。回臺數月，故鄉對我是「如此遙遠，又如此美麗」，心中的映像、感受，似曾相識，又似是而非，有時真有不知身在何處之感。這不是官式應酬，而是真心感受。

故鄉的進步，雖然每年回來，每次也都令人耳目一新。高樓大廈，科技資訊，進步日新月異，尤其是摩天的建築，櫛比鄰次，住在一格格的公寓中，各忙各的生活，古早的守望相助，變成了咫尺天涯的陌路人。

有天我從外購物回家，拿了鑰匙打開大門，緊跟著背後一個人，隨我入內，為了小心，我禮貌的問著：

「您找那一戶？」

他面無表情的回答：

「我就住在二樓。」

我連忙帶笑致歉，並問好，他已頭也不回的上了樓梯。

留下我，悵然、歉疚，站在電梯口，窘困不安。

現代人的疏離？

剛到康奈爾大學那一年，我們住的是學生宿舍，大家全在一條船上(On the Same Boat)，真正是生命共同體。做學生又窮又忙又苦，沒錢也沒閒，但是左鄰右舍，總會有一個小茶會歡迎你的遷入，還有鄰居送來的蛋糕小餅之類的食物，「歡迎你來加入我們」的友善表示，時時溫暖著心田。近乎三十年前的往事，如今憶及，仍然溫心。

搬到北卡那一年，買了房子，左右鄰居，相距並不近，但是新來鄰居，仍然引人注目，有孩子的家庭告訴你有同齡的玩伴可以一起盪鞦韆、玩遊戲，學校與購物中心以及家庭醫生的選擇問題。自然也有熱心的先來者，為妳開茶會歡迎、互相交換開車接送孩子上學、打球、學藝的種種訊息。標準的美國中產家庭生活，大家互相尊重彼此的隱私，卻共同關心鄰里社區的生活發展。

兒時，我們住在老家鄉下，全村全鄰，看著你出生長大、求學、交友……幾乎沒有一件事能騙過街坊鄰居。有時，用膳時間，鄰家長輩過來串門，看著你拿筷子姿勢不對，可以直言批評，我就曾因老拿著筷子後端夾菜，不止一次被說過——

「你拿筷子拿那麼後面，要嫁去唐山嗎？」

人人都是長輩，怎麼敢不乖乖聽話？

倒是沒嫁到唐山，卻負笈美國多年，比唐山更遠，老人家的話，好像也有幾分道理，如今憶及，都是滿心感謝，全村子教誨過我的人，有人罵也正是有人關心吧！

站在電梯口，思前想後，回到臺北的日子，故鄉阡陌不在，田野溪流全被大樓取代，故人長輩也不知去向？

啊！「如此遙遠，如此美麗」——So Far So Good，我在電梯中低喊著，電梯緩緩上升……。

沒人聽到我在說什麼。

兩類人

一種米養百種人，是臺灣諺語，世界上也因為有形形色色不同的人，而顯得多采多姿。不過根據我的粗淺觀察，臺灣只有兩種人，一種是拼命賺錢的人，另一種是與時間競走的人。今天聽了一場演講，又有另一種分法，那就是「人文與科技兩類人」由楊國樞教授主講。

楊教授從 C. P. Snow 的文化鴻溝開始，談到人的不同，特別是在青年期，有時候因為人與人之間彼此的不同，造成了相互的仇視與誤解。他以人文與科學的差異為例，進而探討兩套思想、氣質，或性格的差別，而有偏向軟心腸與硬心腸（Tender–Mindedness——Tough–Mindedness）兩個極端的說法。

楊教授進而以心理學與生理的結構不同，提到左腦與右腦的使用。善用左腦的人，如科學家語文（讀、寫、聽）與數字、分析、邏輯性及收斂性(Convergent)較強。善用右腦的人，如人文學者則非語文能力，如視覺空間能力，音樂、運動及擴散性(Diverget)較強（聯想能力）。他希望經由瞭解、討論、閱讀等等途徑，以同理心、同情心增進兩種人的相互瞭解，彼此能尊重，也能互補，進而能創造「左右兼顧」雙腦並用的學習與文化內容。

Snow這種兩極化論斷，發表於一九六四年，距今已三十多年，一直引起許多議論，因為除了先天的不同外，所處環境及本身學習的態度、就業的機會都會造成不同的性格與興趣。學科學的人一定是左腦發達些？人文者，如音樂家、藝術家、作家，則右腦就發達些？未必人人皆然。只是我們的教育若注重鼓勵左腦，強調讀、說、寫，以及邏輯性、分析性的能力，自然而然的，整個大文化也偏向於此。我們每個人的經驗中也有親戚或朋友，因為使用左手（右腦發達）而硬被改用右手寫字的事實。在國外，已經有為左手使用者所設計的器皿及用具，相信在越來越多相互尊重與瞭解中，這種極端與偏差現象會逐漸淡化。

基本上，人與人之間的不同與差異，因遺傳的基因所造成，但是家庭與社會的影響也不可忽視。在一個個體取向與集體取向不同的社會中，也許所產生的後果也不同。席間曾有人問及：黑人較少從事科學研究，是不是表示黑人智力比白人差些？這問題的癥結是，學科學的人智力就高些嗎？同樣道理，女性從事科學工作較男性少，是否也意味著在智力上不及男性？

基本上，我相信當一個社會多元化之後，各行各業的精英，都有其值得尊重之處。同樣的道理，人與人之間的差異也會越來越淡化。楊教授提供「左右兼顧」的學習內容，希望在可能範圍內集兩種性格於一身，其實就是目前在美國教育界所強調的「Well Rounded」，通才教育，我們只有從教育上著手，平衡左右兩邊大腦的使用，才會造成平衡發展的人格。否則學科學的人瞧不起人文的細微末節，學人文的人看不慣科學家的刻板、規律，其實這些既定的誤解（或歧視）皆因昧於相互瞭解所致。我頗欣賞會中有一位聽眾，提到他與父親的不同，自己是學科學的，父親則是畫家，溝通上，特別是在創作的過程中，彼此毫無問題，但是在量化方面，科學家的精細準確，藝術家無法苟同。文學與藝術，不在準確，而在意境，這是可瞭解的，但並不影響相互的尊重與仰慕。

一場演講與討論，使兩種不同的人相互瞭解而欣賞，就是非常好的現象。因為我們的教育較偏向於左腦的使用，所以一些邏輯性、分析性的能力比較顯著，也因此實用與功能在價值上佔著重要地位，相形之下，富創意有想像的孩子，到了上學以後，反而不能受到啟發。是否因此，我們的社會逐漸的走向功利？慢慢變成急功近利的社會？值得深思。

駐足洛城

從臺北飛抵洛杉磯，十一小時航程，吃吃睡睡，看看窗外白雲，寫寫手記，還來不及翻閱手中的書，飛機已開始降落。

走出機場，陽光普照，徐徐微風，吹落一身暑氣。洛杉磯與臺北，似乎也越來越近，肩踵相接中，不少東方面孔，華語更是此起彼落，在候機、轉機、領取行李中，時空倒置，有時忘了身在何處。

兒子早已等在外頭，開著他重新裝置的ＢＭＷ跑車，從小愛創新、愛畫車、拆拼汽車的孩子，走上汽車設計的路，似乎是天經地義的事，「放手讓他們創天下」是我們做父母的天職！如今樂得退居後座，讓下一代掌舵駕駛。

坐上車子，還來不及閒話家常，收音機中播出刺殺瓦沙其的凶手，舉槍自盡的消息。這一個從聖地亞哥一路作案的系列殺人犯，到了佛州邁阿密，終因逃不過聯邦警探緊迫釘人而自殺，少了人間禍首。

晚間新聞中，簡單消息報導後，不再特別描述，第二天報紙也只是盡職的登了消息。地球照常轉動，人們依照自己的節拍過日子。不像我們白案例為頭條，舉國注目。

天下之大，除了做奸犯科的惡人惡事，還有許多值得報導的消息。洛杉磯帶著濃厚的多元文化色彩，每天有報導不完的各族群活動，全美的動態，世界新聞……，電視節目中，華人、韓裔、日本、越南……應有盡有。如果不會說英文的人，在洛杉磯也可生存，因為它的居民中，有許多外來移民。開放的空間，容許小西貢、韓國城、小臺北、小東京各具特色的多元文化城市存在。它的多元性是前所未有的，我曾在一個紅綠燈的街口，稍稍算了一下過路的車輛，近三十部車中，幾乎全是東方面孔，其他也有第三世界的寮國、柬埔寨、墨西哥、薩爾瓦多、伊朗等等移民遷入。如果說世界族正在洛杉磯誕生，好像也不為過。

如此豐富的文化色彩，如此寬廣的活動空間，有什麼必要盯著一件事、一個位置、一點名利，牢牢不放？當自由創造不受限制時，成功與失敗的差距就不顯著，因為失敗了可以再起來，人人勇於創造，在加州橙縣華人創業成功的例子，大家津津樂道。在矽谷的科學園區，千萬富豪中，不乏新移民年輕的面孔。比起西歐，美國開放的空間確實寬廣，我們曾在英國經過，當地華僑好幾代開小店，住在唐人街，苦於發展受限，至今印象深刻。

名作者米蘭昆德拉曾經說過：「不同的觀點與信仰，不同的文化與民族，共同創造了奧匈帝國。」不接受開放多元的世界潮流走向，難免遭到淘汰與自限的危機。臺灣正走向多元開放的世界潮流中，更不能拘限於個人私利，卡住於小小名位權勢。

世界在成長，

臺灣也在成長。
駐足洛城，心懷故鄉，是以為記。

美國現象

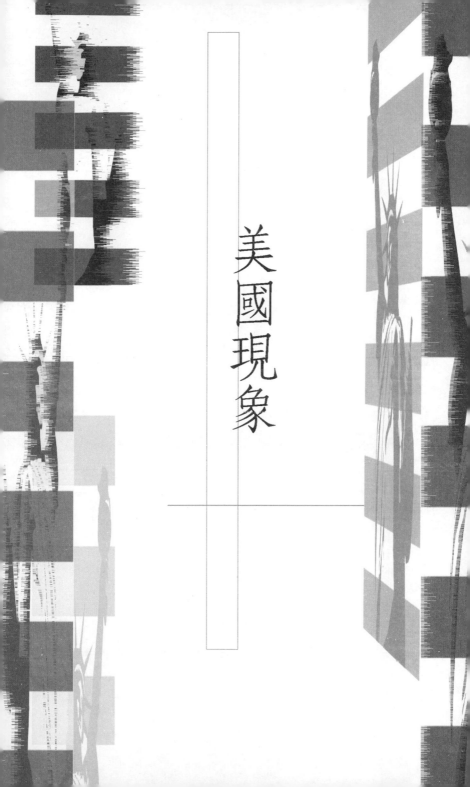

美國現象

七月四日是美國國慶，這個建國於一七七六年，如今只有二百二十二年歷史的國家，當年為了不滿英王而到新大陸追求自由的子民，在獨立宣言中，強調人權，注重人類生而平等，並有追求自由、平等，與幸福的人生權益，已成了美國建國的傳統精神。雖然從立國以來，黑白種族問題一直是美國的痛，然而它也不會忘記以這份大國的精神，關切（或是干預）著世界各國的人權問題。

在全美慶祝著國慶的前夕，美國總統柯林頓先生正在中國大陸訪問，為了此行，走訪前各界議論紛紛，贊成與反對的說詞都各有立場，總統不畏群情激憤，仍然前訪，受到中國大陸各界歡迎，他在中國的演講以及史無前例的與中國大陸領導人在電視上討論人權的不同觀點，相信對中國大陸人民是一件非常重大的衝擊，但是緊接著我們也看到了關於人權的不同觀點而引起的許多不滿，相互矛盾與指責中，仍有許多令人深思的空間。事實真相如何，我不想置評，不過談到人權問題，往往因文化與習俗不同，或觀念差距，而各說各話，美國處心積慮的要提倡人權，其用心良苦，但為何常會事倍功半？是否也出於美國對於當地文化所欠缺的完整認識？還是，正如中共領導江澤民在哈佛大學演講所言，中國領導可以用英文演講，美國領導似乎鮮少有此條件。多具備一種語言能力，多一份對彼此文化的相互瞭解，自大的民族往往有不必學習的自限，這未嘗不是英語獨大的損失。

其實在以民主立國的國家，它們的教育方式與日常生活中的生活態度，有許多可以讓我們學習的地方，譬如說在歷史教學方面，它們不是用死背或強記的方式，而是把歷史拉到眼前，美國開國總統華盛頓，砍樹的誠實故事小朋友們都知道，所以教歷史，自然從他開始，歷史作業中，問小朋友：「如果你是華盛頓的爸爸你會如何處理砍樹的問題？」二年級的小學生會用心去想，並且也由此引起對歷史與生活的興趣，總統也是人，偉人也會做錯事，讓小朋友感到自己也可以往這個方向努力，說不定有一天也會和華盛頓一般成為總統，正面而積極的鼓勵，是我最欣賞美國的教育方式，這何嘗不是與他們的立國精神，人生而平等，人有追求自我幸福的自由信心有關。我想我們要學習的是這種理念，由此出發，再產生自信自尊與尊人的態度，民主精神自然貫穿於身心，存在於全民，也就無需別人來教你如何民主了。

　　生活在美國二十多年，所謂的美國國慶，不外是放長週末的假日，與家人、好朋友一起烤肉看煙火，不是閱兵也不是遊行，生活是每人每天要過的日子，先過好日子，能自由自在的生活，然後才能談其他理想哲思。這是現實的美國生活，也是年輕的國家和古老的民族不同之處，有人詬病美國只有大財主，沒有大思想家，這也是為什麼有許多人在美國生活了許多年，衣食無慮之後，會產生若有所失之感？我們不能叫一個年輕好動的孩子想太多，你不妨多多欣賞他可愛的一面，其他的深思熟慮，可要自己多用心，不然錦衣玉食的生活之後，難免有成了超級大胖子的可能，這也是美國現象吧！

病從口入

朋友剛從東南亞旅行回來，說出他的保健心得，他說他吃東西前，向來先到洗手間看看，如果洗手間乾淨，他就決定在那兒用餐，東西好不好吃不重要，最重要的是衛生，能保持清潔的廚廁，自然衛生條件不會太壞，旅行最怕生病，而病從口入，食物不潔所造成的後果，身受其害的人，都知道這種痛苦。

這使我想起在大陸旅行時，常常要為上廁所的事「安排」，何處有觀光飯店或清潔廁所，都要查好地點，這看來小事，卻是事態嚴重，曾經有一位同行的孩子，硬是忍住一天不上廁所，最後幾乎得了膀胱炎。

說來使國人慚愧，在美國，不論是大餐廳、小咖啡店，洗手間永遠是乾乾淨淨，有時還有一些精心的擺設，讓人賞心悅目，我們太不重視茅房，對廚房也不太重視，海外中餐廳總受到排斥，美國健康部常會抽查，因食物擺在外面不合格的，一律作廢，烤鴨烤雞常受非議，就是擺在外面不合衛生之故。

最近一連多日，注意著國內孩童腸炎症猖獗，使我倍感焦慮，夏季細菌更容易繁殖，如果不重視衛生，尤其是餐廳與公共廁所，對於抵抗力不足的幼兒，真是非常危險。

臺灣這幾年已進入開發國家之地位，也是世界各國爭取的商業伙伴，可是環境衛生仍然停留在未開發國家的狀況，有點像有錢人住在貧民窟，尤其是刮風下雨的日子，淹水路塌，狼狽不堪。有一位朋友是地下水專家，據他考察結果，臺灣的下水道大多不合格，有些地區根本就沒有下水道，難怪一下雨就成了水鄉澤國。這一些排不出去的穢物，想想看會造成什麼後果，尤其是夏天，不正是各種病菌的溫床？

我們常常提到競爭力，也鼓勵各行施展出積極的競爭力，但是如果沒有健康的國民，再強的競爭力也是徒然，我常看到辛苦工作的老百姓，不分晝夜的工作，尤其是刮風下雨，泥濘不堪的奔波，每到各國旅行，就想到如果我們有完全的都市計畫，每一位公民也可以享受現代化的方便和舒適，安居樂業，應該是現代人的基本要求。

西洋有一句話：慈善從家庭開始，我們也有一句人人皆知的古訓，「修身齊家治國平天下」。如今或許應該從個人的衛生習慣與環境衛生開始，記得小學時每天早晨都要唱的「健康第一條，衛生最重要」歷久不變，我因為家中有兩位「衛生科長」，父子兩人都是在生物與微生物的研究領域，一天到晚要防食物發霉長細菌的可能性，冰箱中的食物放久了，常會被他們倒掉，冰凍食物解凍一定不能放在室溫而是在冰箱中慢慢解凍。活到老學到老，聽多了細菌病毒的可怕，我也寧可多心不可大意。病從口入，能不小心嗎？

車過綠色原野

車過綠色原野，一片迎睫而來的翠綠，如此清涼悅目，一時暑氣全消，我一直不停地讚嘆著，不捨得把眼睛從那片綠色中移轉，也忘了從身旁駛過的車輛，按著喇叭，彷彿是不耐我的慢車行駛。雖然我在美國開了二十多年的車，一時之間還以為又回到臺北的街頭，我在臺北始終不敢開車，怕的就是後面的車不耐煩的按喇叭，幾時開始，美國開車也如此心煩氣躁了？可是根據經驗，在美國開車除非有狀況出現，否則不會隨便按喇叭，我趕快把車停在路邊，才發現原來右邊的一個車胎漏氣了。人們按著喇叭，想要告訴我的就是這個原因吧？

停在路旁停車場，以為這下慘了，新車性能還不熟呢，趕快找出手冊，還好，設計簡單省事，心中巨石於是落地，一邊欣賞雲彩與樹林，一邊「監督」丈夫換車胎。每一輛來往經過的車子，都會停下來問，可有什麼要幫忙之處？有些和我們開同樣車廠出品的車主，乾脆走下車，拿出工具要幫忙，早忘了這些熱心的開車族，一時之間，覺得天更藍，風更柔，想起北卡人愛自誇的豪語：「如果上帝不是生在北卡，為何北卡的天空總是蔚藍？」

剛從臺北回到美國時，美國中學校園中，青少年槍殺數起，我忍不住開始懷疑這崇尚自由民主的國家是否走過頭？這世界是否仍然亮麗可愛？朋友一向樂觀，他安慰我說：「你有沒有看到在校園慘劇發生時，那個用身子保護學生免受傷害的老師？那樣的義氣是人類相互關懷的天性。」朋友還告訴我，他有一次車燈壞了，竟然有人一路護送他到家。還有一年冬天下雪路滑，車子陷在雪地裡，許多人過來幫忙推動，那天正好是星期日，都是要上教堂的人，結果車子一滾動，濺了每人一身的雪泥，他連連致歉，大家卻毫不介意，看著他車子安然上路後才各自離去。

「你不要被太多的負面消息影響。」他說：「人間如果要有悲劇，我們應從悲劇中學到教訓，而不是被打擊崩潰。」

但是人確實會被宣傳影響，許多媒體的報導何嘗不是影響之一。以前的社會注重好人好事，現在的社會強調標新立異。好事看多了以為活在人間天堂，壞事聽多了以為世界末日快來臨，過猶不及。現代人雖然多了選擇，也多了許多去蕪存菁的工作，這份選擇的智慧，還是要靠自己多想多看才能清明。

去年在臺北住了一年，回到美國，也有朋友看到我時，關心的說：「我們真替你擔心。」

「擔心什麼？」我問。

「臺灣那麼亂」他說。「天天有搶劫多可怕。」

「你看的是報導，我經歷的是生活，報導是片面，生活是具體，美國還不是有許多神經病的人，胡作非為，我們不也一樣過得快快活活？」

車過綠色原野，繁花玉樹，或枯枝敗葉，要放到心裡去的，是你自己的選擇。

「我們不必把垃圾往心上堆，」我加了一句：「我們要用心生活。」

新舊之間

又到了放暑假的時候了。父母們又得到處找夏令營為孩子們安排如何打發時間，尤其是家有青少年的家長，心中掛念的不僅是時間的安排，還有是身心健康的問題。由於從來也沒有人教我們如何做父母，但是每一位身為父母的人，莫不盡心盡力，想把兒女教養成快樂健全的人格。我常聽到朋友們說：「不知道有什麼養兒育女的妙方？如果有跡可循，我一定盡力去做到。」

可惜沒有放諸四海而皆準的方法。我的母親生前曾當選過模範母親，每次有人問她如何教養兒女的？她總是很不好意思的回答：「我那有什麼方法，愛他們就是了。」母親說的是真心話，如果一定要她說出什麼妙方，大概就是無盡的愛了。

可是今天的社會，尤其是我們夾在中西文化新舊交接的夾縫中，有時還夾在上下兩代的掙扎中，真是動彈不得，快有透不過氣的窒息感。父母親們不免感慨，怎麼都是我們在討好他們呢？然而，——有這樣的心理，計較心就存在了，愛於是有了條件。

大文豪狄更斯曾經說過：這是最好的時代，也是最壞的時代。我想用在教養兒女的問題上，也正是如此，與兒女相處得好，除了親情還有友情的相親相愛，我們這一代的兩代關係比任何時代都親密。可是若處不好，簡直就是在黑暗中摸索、碰撞，不知所措，尤其看到自己一手拉拔長大的可愛孩子，怎麼到了青少年，表現得脫軌又脫序，當然更是又氣又恨，愛之深，責之切，有人求助於心理醫生，有人在黑暗中摸索，不免處處碰得頭破血流，簡直恨不得沒有把他生下來才好。

親子關係是一門大學問，我自己有兩個兒子，從他們青少年起，我就對這個問題深入探討，有一些心得，寫了二本有關青少年的書：《他們只有一個童年》，及《如何教養負責任的孩子》。雖然我的孩子早已過了青少年時期，我對這個問題還是很有興趣，主要是因為我們所處的時代與環境有了變化，有些價值觀念與思維形態必須配合，所以個人有一些經驗可以分享。尤其是在中西文化與新舊之間有些思考，提出來分享。

現代社會最大的特點是變，中國固有的傳統卻是守。新人類與舊人類（或是中西）之間於是有了不同：

說話	舊人類（中）	委婉
	新人類（西）	直接
行為	舊人類（中）	保守
	新人類（西）	開放
態度	舊人類（中）	謹慎

	新人類（西）	顯然
思考方式	舊人類（中）	三思而後行
	新人類（西）	先做再說
價值觀	舊人類（中）	群體
	新人類（西）	自我

以上只是幾個實例，有了現狀的認識，也許在變中求同，在多變化的社會中調整自己，都比較能清楚的看到問題的焦點，這也是現代人的必修課業吧。

新舊之間，或中西差異，如果不去排斥而去瞭解，不僅有利於關係的改善，也有助於自己的成長，這也是活到老學到老的人生吧！

自然就是美

朋友剛從臺灣回美，問我是否有和他一樣的感覺？他說有一天早上，他去百貨公司購物，因為去得早，剛剛開門，一排排的小姐站在門口，鞠躬如儀，讓他感到從未有過的偉大又慚愧。

我當然有過這樣的經驗，但是並不感到偉大，只感到不安與不忍，不安是自己何能何德，要如此勞師動眾，讓這麼多人行禮如儀？不忍是初入社會的孩子，竟要如此彎腰哈背去為生活打拚。雖不是我的兒女，我也同樣於心不忍，在人浮於事的社會，也許能找到工作已很不容易，當然不會太計較工作的性質，但是久而久之，一個有感覺的孩子是否會有自卑或怨天尤人的心理？初入社會的感覺都是深刻而難忘的，我們一步步的走過來，總希望越走越合理，下一代可以比上一代的人過得有尊嚴。人與人之間的恩怨，常常在不知不覺中形成，有時是無心，有時是大意，更多的時候是社會的冷漠。不論如何，我都不希望見到年輕的一代因此而產生的後遺症。

前幾天，因為趕著去聽音樂會，沒有來得及吃晚飯，音樂會後想買食物充飢，走進一家店舖，店員很客氣的說，已經打烊，我看手錶，正好過五分鐘，許多和我們一樣，聽完音樂會想吃宵夜的顧客，也都乖乖地另外找二十四小時開放的店，這使我們更加懷念臺北復興南路的宵夜，在美國，雖然顧客永遠是對的，但是過了工作時間，每個人都有他自己的生活，顧客再大也得尊重別人的工作尊嚴，有一位客人還說：「工作人員忙了一天，是該回家的時候了。」每個人都有家，都有他自己的生活要過，這大概就是不卑不亢的生活教育吧。與其費時費力去說教叮嚀，不如讓孩子從生活中去學習，美國是一個注重實事求是的國家，父母在教導孩子的學習過程中，常常用實際的例子，應用到每日的生活上，感謝與道歉隨時出口，人人如此，孩子自然而然也養成這種態度。

暑假到了，有些青少年開始暑期工作，也許這是一個值得思考的問題，從工作中學習，也從學習中成熟。社會是一所人生的大學，我們在學校中學到的其實有限，而在社會大學中卻是一生學習不完的課程，我們一向注重「十年樹木，百年樹人」的信念，何不從自尊尊人開始？

真正的尊重來自內心而不是外在，彎腰哈背的虛禮可以不必學，英國詩人華滋華斯(Wardsworth)曾經說過：「即使是一朵卑微的小花，它也有它的尊嚴。」

讓我們從這裡開始——自尊尊人，自然就是美。

父親節快樂

今天是八月八日，也是我們傳統的父親節，八八，爸爸，沒有人會忘記，和西洋的父親節六月的第三個星期日不同，總是要商家早早就提醒，廣告做滿全版，還是有許多人事後才想起來，不像母親節，全世界都在慶祝。但是，今年情況有些改變，父親的意義已不只是「一家之主」高高在上，這一代的父親，並不甘心只做個旁觀者，他們也要參與孩子成長的樂趣，親子關係的密切，使慶祝父親節，也熱鬧滾滾。

雖然女性運動未必人人同意，但是女性的覺醒帶動了男性的領悟，是不可否認的事實，從今年六月二十一日西洋的父親節慶祝中，以及媒體的反應可看到父親地位的「提昇」。

我說提昇確實不為過，在美國以往父親節遠不如母親節受到重視，但是由於現代父親從幼兒出生就全程參與，兒女教養與家事分擔也不再袖手旁觀，使父親在家庭的地位日漸重要，有參與才有快樂，有時父親的冷漠，並不是自願也不是自覺的，往往是來自傳統的教育與僵硬的形象造成。

不久前讀到一篇有關日本男人退休後在家的無所適從，兒女不認識這位早出晚歸，只會發號施令面無笑容的人，他辛苦工作一輩子，沒有嗜好沒有娛樂，只有應酬與交際，可是卻沒有他自己的選擇，他的地位建立在金錢的收入上，一旦退休，剩下的那個「人」是陌生人，不僅自己，連兒女也不認識，真是情何以堪，忙碌一生，晚年寂寞，相信對許多有思有感的男人，也會造成思考的衝擊。許多在大男人主義教育下的男性，退休後，在兒女心中的地位難道只是「搖錢樹」？是這樣的覺醒，也深深的體會到外在的一切功名利祿其實都是空的，真正的快樂與滿足來自於自我內心的踏實。

近年來，從兩性的平權中，也喚起了男性的省思，今年的父親節，在美國也異於往年，報紙上有孩子們書寫給父親的感性文字，電視上有父親談到的兒女經，廚房中有男主人展露的拿手好菜，餐廳的生意比往年好些。只有不斤斤計較的夫妻，才能有開闊的空間容納家庭間無限的愛。我們習慣說「婦幼教育」，豈不冷落了有心伸出雙手，表現父愛的情懷？「婦幼」用多了，也許從今以後該多用「父幼」，讓父親能有機會多接近孩子，而不是只有母親獨享。唯有從兩性的和諧並進，與父母的同心協力，才是下一代的幸福，也是人類所追求的目的。

美國是一個求新求變的國家，它因為能隨機應變，時時調整腳步，所以不會老化，因此也不會故步自封。其實人又何嘗不是如此？十年前，男人在家照顧孩子，被看作是離經叛道，如今已是各人的自由選擇，早成為風尚，若母親做得太多，父親就沒有表現的機會，兒女是父母的寶貝，父親節和母親節都是一樣，是讓孩子們學習表達情意，把心中的愛和感謝自然表達出來。

多年前，布希總統夫人——芭芭拉女士，曾經在給衛思理女校演講時說過一句話，我至今難忘。她說：在人生的旅程，你絕不會因為少做一項實驗，或少談一筆生意而遺憾，可是將因未能與父母、伴侶、孩子或朋友共度美好的時光而抱憾終生。她還說美國的希望不在白宮而是在每一個家庭。

我想把這句話送給天下所有有愛心的父親，孩子的快樂不在於你賺多少錢，而在於你的愛和關心。愛是越付出越多，許多父親已享受到這份甜蜜，再也不讓母親們獨享。

聰明的父親們，祝你們父親節快樂，也多多享受父幼之間的親密情懷。祝父親節快樂，永遠快樂。

週末的晚上做什麼？

「你們好野啊！」兒子在電話中笑著說：「週末都找不到人。」

「跟你們學的啊！」我也笑呵呵地回答。

孩子長大離家上大學之後，許多空巢的父母，有人回到新婚時的兩人世界，享受忙碌後的自由自在，有人若有所失，牽牽掛掛，度日如年。

記得孩子小時候，才稍懂交友，就常常會安排週末活動，最常問的話是：「我們週末做什麼？」

「上中文學校。」我提醒他們。

「哎呀，我知道了，上了中文學校之後呢？」他們知道中文學校是必須上的學，但是下了課之後，招朋引友，小小年齡，週末的活動可不少，有時學校還開Party，十足是「工作時努力工作，遊戲時盡情遊戲」的人生哲學。當年我為了要維持一些家庭間共同的活動，總要事先計劃，因兩個孩子都學琴，所以就買了音樂會季票，如果有音樂會，他們必定同行，全家一起出去吃飯再去聽音樂會，變成了家庭間重要的休閒活動，否則各約朋友你來我往的接接送送，除了做現代孝爸與孝媽外，大人小孩各忙各的事，沒有一點共同的家庭生活記憶。雖然那時孩子小，玩心重，對靜態的音樂文學藝術都有一點勉強，但是年少好動的年齡不都是如此？只要定下心來，久而久之都養成了嗜好，現在他們長大了，有好的音樂會或戲劇都是他們介紹給我們去欣賞。回想起當年帶點勉強一起欣賞過的藝術活動，現在都成了很甜蜜很好玩的共同回憶。

孩子年幼時，許多父母都是為兒女奔波忙碌，在美國公共交通設施不普遍，全靠父母接接送送，等到他們學會開車之後，如虎添翼，不再需要父母做司機接送，許多父母還感到若有所失呢。在美國長大的孩子，從小學會「玩樂」，而從小在「業精於勤而荒於嬉」下長大的我們，如果一成不變，不懂休閒活動，不會安排生活，孩子不僅不欣賞，還會覺得落伍呢！

到美國住了二十多年，入鄉隨俗，週末的休閒活動變成很重要的生活話題，從學生到上班族到家庭主婦到單身貴族，人人在週五道別時的常用語都是「祝你有一個好週末」或「週末做什麼？」

臺北住了一年回美，發現有不少朋友已提早退休，「留一點時間給自己。」「忙了一輩子，也該為自己而活了。」大家都在安排休閒活動。也許是戰後嬰兒潮長大後的特色吧，忙碌了大半輩子的覺悟，使休閒活動變成不只是青少年的專利。電影院以前是年輕人的天地，現在大半是中年以上的夫婦或男女。書店以前只賣書，只有年輕人聚集，現在書店中的咖啡屋，還有音樂助興，有人彈著吉他，唱著老歌，圍在周圍的全是中年以上的人，一邊喝著咖啡，一邊欣賞吉他的旋律，好像時光倒流，過去青春年少時失去的歲月，要一一找回。

記得你年輕時，在週末的晚上都做些什麼嗎？

如果你不曾好好為自己創造生活，到了中年，週末的晚上還在人海中交際應酬，說一些言不由衷的話，不如與家人或一二好友去聽一場音樂會，看一場好電影，或到書店買杯咖啡，參加讀書討論會，甚至只在家靜靜地聽音樂看書，多采多姿的生活正等著我們去享受，並不需要花昂貴的金錢才能買到的快樂。

做為現代人，有這份自我選擇的自在，是一種很不錯的生活禪。

朗朗書聲

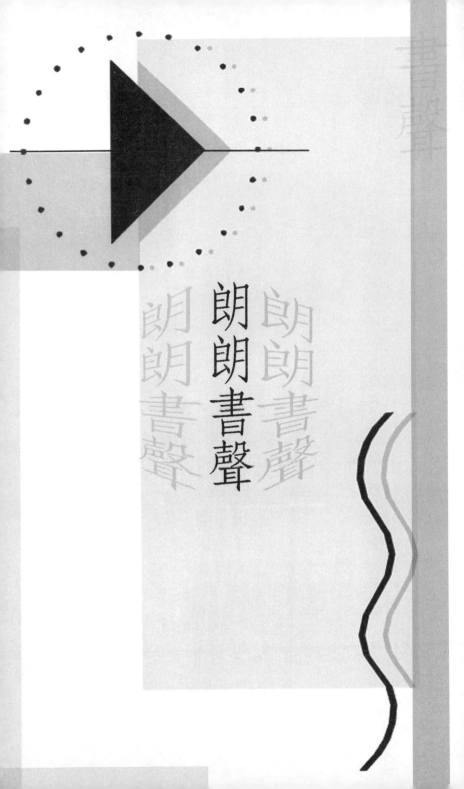

往來無白丁，書香滿寶島

「如果阿里山的太陽是雄剛的，那麼太平村的日出就是溫柔而優美的了。」村長賴先生，用充滿文學味的描述，向大家介紹著，「在阿里山看日出，太陽一下子就『崩』出來了，在太平村看日出，卻是像『指甲眉』一樣，一牙牙的露出來。」村長連比帶作，唱作俱佳的表情，令全體凝神諦聽：「你們如果起得早，我五點半帶你們去太平看日出，不看，要終生遺憾哦！」

誰願意人生有憾呢！連我這早晨的睡貓，也聞雞鳴而起，在曉霧中，隨著村長登高遠眺，在群山相疊中，等待著瑰麗多采的日出。

那一年，也是在天微亮中，隨著人群，坐小火車，又走一段路，為的也是要看阿里山的日出，那時，母親還在，身體精神都好，一路忙著給我們吃這吃那，和母親出門，永遠有吃的喝的，她對我們的愛，不是用說的，好像我們也總照單全收的享受著她的「寵」。

站在太平村的山上，突然記起和母親一起看日出的情景，幸好太平的日出，是一片片的露出來，不像阿里山那樣，照得你昏天黑地睜不開眼。但是在晨曦中，那光芒，已照得我雙眼含淚。

啊！好想念母親。

如果母親還在，她肯定會跟著妹妹和我來嘉義，來和這充滿鄉土親切的朋友談天歡聚。她也必定會含笑默許，帶著調侃口吻：「你們倆姐妹讀冊傻（讀書狂）。」因為這次來嘉義是靜惠為他手創的第三十個讀書會催生，命名為「企業爸爸讀書會」，誰說男生不愛讀書？在全部會員皆為男士的「爸爸讀書會」中，另一半「媽媽讀書會」正巧也剛讀過我的新書《愛，學習成熟》，我們姐妹倆為讀書會，許多不謀而合的默契，許多蟄居心中的理念，如今都充分發揮，而母親是最早目睹我們兩人「讀冊傻」的人，我相信，那是最早的讀書會——兩人讀書會。成立於我們懵懂初開的童年。會員只有我和妹妹兩人。

我和妹妹兩人年齡相近，興趣相投，尤其對書，兩人可以廢寢忘食，把零用錢全用在包月租書上。讀書，本來是靜態的，但是因為每看完一本書，我們都要談論。所以更加趣味盎然。小時候，兩姐妹是會吵會鬧的，但是，好像愛上讀書後，尤其是上了初中以後，兩人就成了知心朋友，因為從書中，我們增加了親情之外的知性與瞭解。我們的「兩人讀書會」也成了永遠的嗜好。

今年回到國內的收穫是，讀書的機會多，討論書的人也多，素直友會有三十個讀書會，時時都有座談、討論。我學的是成人教育，許多讀書會的方式，種籽培訓，也用成人學習的架構去推動，我一向從學習上獲得無限樂趣，如今，真可謂是「滿漢全席」。讀書會會員，臥虎藏龍，各行業專精，譬如村長先生，他聲稱自己沒有學問，但提起當地的文學家「滾地郎」的作者張文織先生之作品與生平時，如數家珍，他也熱心的鼓動「爸爸讀書會」、「媽媽讀書會」，談起家鄉，眼神中全是光彩，掉了門牙的嘴，幾乎沒有合攏過，「我們當然要讀書，太平是文學村，還受過表揚呢！」那口氣，充滿自信與得意，因為他是屬於這塊土地的。

同樣的情懷，許多本地人，在外受教育，工作後，捨棄了臺北高薪的工作，自動請調回鄉，有學法律的、有在大學教書的、有負責企管的，從他們身上，我學習到許多典範，也看到在城市中被喧嘩與雜亂淹沒的真誠。我忍不住也想念我在北美洲與我共創書友會的真誠朋友們。

齊白石先生曾說過——「一息尚存要讀書」，我奉為名言。雖有人說，文學死了，我總是固執的不信有這樣的一天，也許看書的人口少了，也許握筆寫作的人心冷了，但是，只要有一小群的人，還要讀書，還要討論書，就有人會繼續寫下去，我是一個不可救藥的樂觀者，尤其對讀書。對那遍佈各處

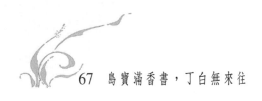

的愛書人，書，是永遠的朋友。

嘉義之行，讀書會的成立，都給予我信心。往來無白丁，書香滿寶島，這才是生活在島上的人之福，至於喧喧鬧鬧的市塵，我們只要磨練自己的修行，做一名大隱隱於市的行者，在許許多多的角落，其實充滿了人性溫情的感人故事，只是不為媒體所注意而已。我想清明的心，是我們必須不斷自己去尋求的。

一生的承諾

剛回到臺北時，一天要看好幾份報，而且副刊全看！所以當我聽到朋友說：「我已經十多年不看報紙時」，幾乎不敢相信，「怎麼可能？為什麼呢？」一連串的問話，朋友只是淡淡地回答：「太煩了，又無能為力。」

回來半年多，我終於漸漸瞭解朋友的心情，但是我仍然花許多時間在閱讀上，報紙也不少看，只是抽掉了自己不看的部份，現代人必須學習的是取捨的本領，尤其在資訊爆炸的今天，如果凡事照單全收，不僅眼睛吃不下那麼多「字」，腦子也裝不下那麼多「垃圾」。

但是愛書成癖，或讀書已成了習慣的人，不看書報，有如抽空無著的人，所以書店中仍然有許多人，看書的可能比買書的人多，我從每週上一次書店到每月去一次，逐漸從買中，變成了精挑與細揀。書架上的書，從熟悉的作家及朋友中，漸漸換上了全然陌生的名字，如果想起某一位喜愛的老作家，想買一本他的書看看，恐怕書店也不容易找到，因為書位難求，許多老書，如果滯銷，全退回給出版社了。倒是美國書名排行榜，臺灣一本也不少。

「因為多，所以不稀奇，因為不稀奇，所以不珍惜」，老子早已有說：「少則得，多者惑」，正是如此。我在大陸旅遊期間，也曾一個人逛書店，談起印刷、紙張、設計，一切全比不上臺灣，但是，埋在書堆中的青年人可不少，他們買書的人並不多，因為口袋沒錢，只好站在那兒看，和我們做學生時差不多。在南京時與文學院師生座談，仍然有許多人，熱中於文學創作，並關心二十一世紀散文的發展，還有人預言，二十一世紀將是散文的年代，理由是時代的步調太快，寫小說太慢，唯有散文能追趕時代的脈搏，也頗有創意。至少聽在我們寫散文的人耳中，還有一點知音之遇吧！知道有人專心致力於文學創作，古書整理，經典編纂註解，衷心敬佩。在人人往「錢」看的功利社會中，風簷展書讀，已快絕跡，研究古典文籍，若非有心，則是卓越的使命感，更是有必要多多鼓勵。

讀書也要讀人，同時也培養了人的氣質與國的文化。就像釀一缸的酒一般，是要歲月慢慢醞釀、發酵、沈澱後再揮發，去蕪存菁，而後越陳越香。心靈的潛移默化，國家的精緻文化，都不是一蹴可及，高呼一聲「乾杯」或「乎達啦」可及。可是，在快速發展中，「慢」已經是跟不上時代，慢功出細活的文字工作，自然被擠到後頭，這也是事實。

「可是，不要灰心」，我跟不再讀書寫作的老朋友打氣，「想想看，這二十多年來，從讀書、寫作中，我們也得到許多樂趣，讀者、文友，識與不識的人，隨時的肯定與信賴，給予了我們多大的鼓勵！有些東西是金錢買不到的。」

其實，我也是在自我安慰，在與文字相愛相守了這麼多年，放棄了文字，捨棄了文字，有如放棄了所愛與所屬，我們還有什麼？

為自己所愛，做一點堅持，也是對自己生命的承諾吧！「一息尚存要讀書」，齊白石先生的話，我引為至理名言，也唯有讀書的社會，才能散佈溫馨的風氣。

為孩子寫書

我總是跟年輕的母親們說，如果孩子吵鬧，拿一本童書，輕輕的唸書，那哭聲、鬧聲，會立刻停止，然後坐在妳身邊，傾聽那動人的故事。

這一招，百試不爽，絕對有效，也正是心理學上的「轉移」，我們用「故事」轉移了孩子的注意，有那一個孩子會拒絕故事的引誘？

不必打，不必罵，兒童的文學心靈，在很小很小的時候就已準備好吸取人間的情話、人類的故事。

為孩子編書選書，一直是我的心願，我堅信不疑的是只要有書相伴，有父母朗朗與共的讀書聲，我們的生活會多采些，社會會祥和些。

是這樣的心願，使我在年過半百，孩子也不再是兒童的時候，仍然關心著童書，每到書局，也一定看看那色彩鮮麗、文字優美的兒童文學作品。

這樣的作品，終於也由我的主編，催生了。當三民書局的編輯把樣本拿給我看時，這一套經過兩年編排、撰寫的兒童文學系列——西洋藝術家的故事，終於問世。不是翻譯，不是論述，而是特地為孩子們而寫的故事。我自己在閱讀中，也愛不釋手。

兒童文學的語言，既不能艱澀深奧，也不能粗糙庸俗，我二十多年前修課時，才發現，能寫兒童詩歌、童話的人，除了童心童趣外，還得有一顆創造、敏銳的心。

撰寫這一系列的作者，全是童心未泯的藝術愛好者，他們把對藝術大師的愛和瞭解，化成了故事，用有趣而生動的描繪，把米開蘭基羅、達文西、梵谷、林布蘭……一個個活生生的帶到我們眼前。而我何其幸運，做了先睹為快的讀者。

臺灣的書市蓬勃，經濟的富裕，帶來了父母對孩子「要什麼給什麼」的寵愛。但是，孩子們會否因為予取予求的溺愛，而在愛中迷失？

當然不會，如果孩子們從小給予閱讀的空間，從閱讀中，發展自己的想像空間，一個有美學與文學愛好的孩子，通常也懂得欣賞和珍惜美好的生活，進而培養自己的鑑賞力，而這一切，都是要從小開始的，不是等到一切已定型了之後，才猛然發現，精神的空白與貧血。

編這一系列的書，應該是我們旅居海外作家的一份心意，把對國內兒童的愛和關心，全投入了文學中。

我希望有更多的作者，能投入這份為孩子寫作的行列中，讓孩子們從享受閱讀之旅中，拓展心胸。

書中日月

在臺北住了一年，簡簡單單過日子，屋小物少，除了書，就是買來掛在牆上的幾幅大千荷花。有書，生活就不會貧乏。有畫，就不顯簡陋。尤其住在高樓，從落地窗往外遠眺，是南港青翠的山。晴朗的日子，還有雲彩舒展，就像欣賞一幅水墨圖畫，有時入神，甚至聽不到臨街腳下喧囂的市囂車聲。回到北卡的家，安靜舒適，那感覺真好，如果不必整理那大了一倍的屋子，及那一箱箱儲藏的什物。這時，我更加懷念簡單的生活，更加相信老子所言：「少則得，多者惑」的名言。

怎麼會堆積出這麼多雜物用具？我始終不能全然瞭解，除了自我解嘲，不能超越人性中喜歡新奇與購買慾，更清楚的看到了自己的心中所愛，那一箱箱珍藏了多年的藏書，這些書已與我們共處了數千多日的時光，每一本書都有翻過的手跡與筆記，有如老友，點點滴滴皆流入心底記憶，要割捨自然困難萬分，要上書架，更免不了再次翻閱回味，往往一天下來，自己仍然一事無成，而日已西斜，一天又匆匆流逝。那幾箱臺北帶回的書仍然等著上書架。

愛看書的人，不能理解有人喊日子無聊，枯燥的苦悶，就像不愛看書的人，提起書就「頭痛」一樣，尤其麻將桌上坐久的人，書與輸同音，更是絕口不提讀書兩字。我一位文采極佳的老友，近年來根本與書絕緣，原來他迷上打牌，所以遠離書本，尤其有金錢輸贏時，寧可「三日不讀書，面目可憎」，也不要去提一句讀書的話。

最近讀到余秋雨先生對青年學子的〈閱讀建議〉文中，建議儘早把閱讀當作一件人生大事，他說：「閱讀的最大理由是想擺脫平庸。一個人如果在青年時期就開始平庸，那麼今後要擺脫平庸就十分困難」。多麼鏗鏘有力的肺腑之言。

可是，在講求功利，商業掛帥的社會中，平庸是大眾文化，有許多人的家中，擺滿了名貴器皿，就是不見半本書籍，可以花大把鈔票宴客，但捨不得訂閱報章、雜誌，但是，你不能說他貧乏，只是面對著他時，頓覺無話可說。

現代人的寂寞，有時是來自於這種無話可說的空虛，面對著一堆人，面對著一街的車，只感到刺骨的冷，抽空的心，那時，你想到找一份報紙，讀一篇好文章，與作者對話，與智慧接近。那些書，那些字，逐漸熨平了起皺的鄉愁。不是語言的隔閡，是心與心的遙不可及。

那一牆的書，那不曾丟下的筆，難道不是因此而與我相依相存？

我一本本的，把書排上書架，像與多年好友話舊一般溫馨、舒適。

在北國冷冷的黃昏。

以書待客

在臺北一年，回到北卡的家，花最多時間整理的就是書房。來美二十多年，其中除了在搬家時寄掉的兩箱書外，這些書已與我共存了二十多年的歲月，有些甚至是當年與我一起飄洋過海，從臺北帶來的，雖然今日的印刷裝訂皆比二十多年前進步，但是那些曾在我手中翻過的書、留下的筆跡、作家朋友相贈的話語，點點滴滴皆落入心底，因此再一次要放上書架時，不免又坐在地氈上翻閱沈醉，不知不覺中，忘了日已西斜，一天又匆匆流逝。

我對書一向懷著敬意，所以對愛書的人，特別感到親切。剛來北卡時，丈夫系內有每月一次的橋牌聚會，為了初來乍到，又是年輕的教授，雖然打橋牌非我所愛，但是入鄉隨俗，只好勉為其難去赴這種「社交牌局」。由於是輪流做東，每月在不同家庭舉行，每家主人，皆是美點佳酒，窗明几淨，雖說是打橋牌，但女主人往往渾身解數，大顯身手，不是打橋牌身手，而是持家、烘焙點心等之手藝，輪到我作主人時，我以中國人之茶道及一牆牆的書香待客，偶爾加上一兩段文化特點加以解說，自在隨興，這一列一牆的書，也讓我交到了愛書的朋友。

那一陣子，也因為參加了橋牌會，瞭解到美國的中產階級家庭，我每到一家，總愛看看主人的書房，因為牌局大多在客廳或書房舉行，看看那家的書房最大，藏書最多，或所收藏的書籍，進而瞭解主人的品味與興趣，也頗有可談論之話題，橋藝沒進步，到後來反捨橋牌而參加讀書會，進而自組讀書會。人的興趣，絕對不能勉強，愛做的事，樂此不疲，永不疲倦，不愛做的事，再好吃的甜點也引誘不了我，雖然我嗜吃甜點。（傳統橋牌社交皆以甜點待客。）

因為愛讀書，自然也喜歡有人可以談書。本來閱讀是一件極為私我的內心活動，但是因為在海外，沒有太多華人的社會中，自然有知音難覓之憾，讀書會的成立，多多少少彌補了這一缺憾。然而，越來越多的聲光影像、電腦網路、唱歌跳舞……，像昔日那種風簷展書讀的樂趣，已逐漸被市囂人聲壓蓋。歲月流轉中，我已不再興緻勃勃的找人談書，與人分享看法，反倒是在網路上，看看別人的讀書心得，才發現不同的讀書方式，也有極端的看法，譬如海明威的作品，有評滿分的，也有評不值一讀的，那麼知音難覓，或異調爭鳴又有什麼稀奇？這原本是一個越來越多元，越來越繽紛的世界。

家還亂成一堆，書也還在互相找尋歸隊中，書友會的書香小聚卻不待我好整以暇就開始了，《文化苦旅》配上幻燈片的大陸行腳，山水風光，十幾個人，一壺茶、幾碟點心，我們全走入了余秋雨先生的旅行中，以書待客，樂趣無窮，又何必在乎是否佳肴美酒？願者上鈎，自在自如，這不也正是社會多元化後，我們給自己最好的禮物?少一點評論，也多一點空間去包容。
以書待客，或以茶代酒，只要情意真誠就值得珍惜。

朗朗書聲

四月是美國圖書館協會設定的全美國讀書日，最近更因為柯林頓總統在全國廣播中，號召全美人民每日為子女朗讀書籍，加強孩子的教育，已引起更多家庭的寄予，尤其是三月二日，是兒童文學插圖家蘇士博士(Dr. Seuss)的冥誕，全美的教育協會(N. E. A.)於是從三月開始就發動了「全美閱讀活動」。

閱讀是通往海闊天空，不受限制的前途，所必備的條件，孩子越早能具備閱讀能力，越能拓展胸襟。以柯林頓總統的計劃而言，若每個孩子在三年級時，都具備閱讀能力，孩子的前途就不會受到限制，也不會成為國家的負擔。目前眾議院已通過「卓越閱讀法案」，將以兩億多美元推展閱讀活動，讓社區有足夠經費聘請教師指導。

其實統計報告早有調查成果，父母若每晚在孩子睡前為他們朗讀一段故事，孩子的閱讀能力不僅有卓越表現，而且也能養成一生的讀書習慣，更重要的是，親子關係特別良好，通常一起閱讀、一起討論故事情節的兩代之間，不僅互動的關係良好，也因此建立了親密的共同回憶。

許多父母，常常面對著社會亂相、脫序，而憂心忡忡，不知如何是好？「社會這麼亂，我們怎麼教孩子？」不少父母抱怨著。然而，社會的紛亂，是多元化之後的現象，我們與其去抱怨或指責，不如回過頭來，從本身做起，尤其是孩子的價值觀念，判斷能力，對事對人的處理方式……不能全交給社會、學校去教導。父母可以藉由閱讀，提出問題，與孩子一起討論，訓練孩子的思考能力，聽聽孩子分析、判斷的思維方式，只有這樣，孩子才能免於被人牽著鼻子走，完全受制於人的「無能」，若等到孩子到了青少年時，與父母無話可說，父母突然感到無力又無奈，通常為時已晚。

世界越來越小，科技與電訊的發達，已使人類活在共同的地球村中，許多新聞可以同步出現，去年一年，我在臺北居住，更發現到在某些方面，臺北已超越了美國，使我這在美國生活了將近三十年的人，目瞪口呆。譬如性觀念與性關係。可是某些方面又保留了我們以不變應萬變的傳統，譬如兩性教育與自我認知。我們可以在媒體上公然看到/聽到有人大談性高潮，卻很少人用心探討我們教育孩子的方式是否合適？對愛的認知是否正確，而這一切其實在媒體上看不到，在美國的電影、電視上也學不到，雖然我們在臺北幾乎全可看到美國的電視節目、電影首映，但是那是通俗文化之一，如果我們亦步亦趨的學習美國，所參考的只是電視與電影，後果確實令人憂慮。

也許從閱讀開始，從家庭觀念的穩固著手，才是一個根本之道，以許多中國家庭在美國的經驗，我們平衡中西文化的衝突，不是抗拒或堅守任一方式，而是學習——用閱讀、用學習去取長補短，去拓展自己，因此，全國的圖書日就不僅限於孩子，而是人人可以加強的活動。我們有四月四日的兒童節，何不從這天開始，讓我們兩代之間一起來讀書，一起讓朗朗書聲取代了喧嘩與市囂，也許這樣，我們才可期待一個書香的社會。

愛從這裡開始

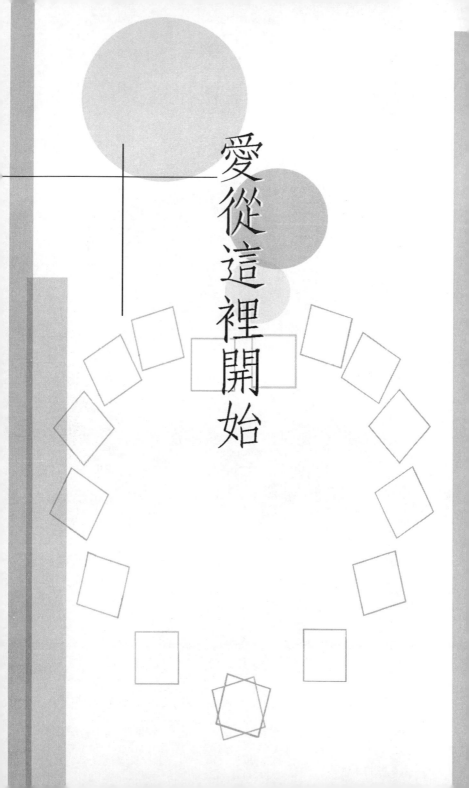

愛的月份

在電視上看到柯林頓總統點燃了白宮的耶誕樹燈，隨之樂聲響起，一份和平安祥的節慶氣氛，油然從心升起。十二月，多麼好的月份，讓我們在歲末年尾，放緩腳步，與家人團聚，向久未聯繫的朋友致意，我總是把這樣的日子，稱之為「愛」的日子，無論是否教徒，我想在忙碌的現代生活中，提醒我們還有人間的情意，要我們去傳遞。

在海外的日子，十二月，更是充滿了人間溫情，信箱中，總是塞滿了來自遠方各地的祝福，常在心中而又未能時時相聚的朋友，全藉著賀年卡，報告著一年的生活，分享了各人的動靜與喜樂，也關懷著彼此的近況。現在我雖然回到故鄉臺灣，但看著那閃耀的耶誕燈火，隨著樂聲，我的心思彷彿也飛越重洋跑到了美國，畢竟在過去二十多年的歲月中，海外遊子的心情我們一起共度，尤其在佳節時刻，更想念遠方朋友。在此，也讓我的祝福飛向世界各地，祝福我的好友親人讀者朋友，平安喜樂。

臺北的街頭，在十二月初，就一片節慶景象，尤其是我居住的東區街頭，每天進城或回家，都是耀眼的耶誕燈飾，行人穿梭其間，多少感染了昇平安祥的氣息，那也象徵著一個社會的富足與安定，而這份富足安定，不正是我們傲人的成績？我每次經過，總是免不了讚嘆，多麼好，我們童年所欠缺、所嚮往的，現在都補足，得到了。一代比一代富裕、快樂，該是多麼美好的社會寫照。

可是，在那一層富裕下，所蘊藏的寂寞和疏離，所傳遞的冷漠和無情，卻也令人不寒而慄。日曆才翻到十二月，三個年幼的國中生、涉水自殺，只因為「生活太辛苦」。雖然一位獲救，另兩位卻成了早夭的幼苗。

生活辛苦的定義，已經隨著時代改變而更換。從前，我的小學同學要走三哩路，才能上學，鄉下的孩子，每天打著赤腳，卻一天也不缺席。中學的同學，轉三趟車，在路上折騰兩三小時，才能趕上八點的第一節課，大家視為是求知中的必然付出，沒有怨言。如今的孩子，這一切苦，全沒有了，但是他們有「難言之苦」，父母離異，無人傾訴，缺人關愛的苦，與祖父母住，寄養親人處，孤單一身住宿的無人傾訴，現在孩子的苦，是內心深處，摸不到、也碰不著的空。

十二月，是愛的月份，其實，除了十二月，年年月月日日，都需要愛和關懷，只是，一年中，有一個月份，讓我們思索、檢討、反思……在忙碌的生活中，我們是否封閉心靈，冷漠情意？錢，永遠賺不完，也不嫌多，但是孩子的童年只有一次，我們卻不能等閒視之。

我總是跟人說，愛的投資永遠不會賠本，不是金錢的回收，而是內心的富足。而那樣的富足終會豐盈了我們的生命。

愛，是人生的至樂與解答。
讓我們生活中有更多的愛互相傳遞綿延。

愛在故鄉

當她們圍擁著我，把她們的白領巾放在我面前，要我簽名時，我幾乎泫然而泣。

多麼純稚而真摯的情懷！

她們認識我嗎？也許讀過我一兩篇散文，也許從書中瞭解一些我的理念，可是，在短短的一小時講演之後，如此熱情而真摯的信賴我，使我深受感動。

早在一個多月前，當臺南護校的梁香老師，打電話邀我為她們的學生演講時，我一口應允了。忘了十二月是忙碌的月份，只想到能利用在臺灣的機會，多接觸年輕的學子。果然不虛此行，讓我在短短的一小時中，彷彿又回到了青春的歲月，和她們一起編織彩色人生的未來。

彩色人生，是梁老師給我的題目，也就是希望能用人生規畫的方式，架構出多采多姿的人生。

十七歲？十八歲？我想起自己在她們的年齡時，所曾想過的色彩？對人生充滿憧憬與幻想，但是，可不曾記得自己有過腳踏實地的計畫，「少年不知愁滋味，為賦新詩強說愁」，多愁善感，正是最好寫照。

但是只會作白日夢，永遠達不到彩虹的那一端，年紀稍長，讀了心理學後，懂得了先認識自己，先瞭解自己的性向及長處、短處之後，再逐步計畫，最重要的一點是「感覺→思考→行動」，而不是「感覺→幻覺→白日夢」。這之間的差別是能起而行，而不止是用一大堆夢想把自己埋沒。所以在時間的利用與安排上就是重要的因素。可惜，這一切都是自己揣摩出來的結論，當年若有人告訴我，或自己領悟得早些，該多好。

青春之美，是在於有理想。青春之美，也在於敢於夢想。理想與夢想之別是能腳踏實地去追求的夢，就不會幻滅，就是一生追求的理想，否則，就成了空幻的夢囈。護校全是女學生，她們已選定了自己的人生目標，在生涯的規畫上，也省略徬徨與猶豫不決的摸索。

護校演講完後，緊接著去建興國中，與護校不同的是清一色男生，整齊劃一的童軍制服，使我想起中學時，同學們最喜歡的童子軍課，因為可以一起唱遊，學習技藝，既輕鬆又好玩，在繁重的課業壓力下，是最好的緩衝。他們的童子軍老師，林京美老師，熱心之外又懂得把生活帶入課堂，深體孩子心事，可以讓孩子歡笑跳躍，從他們專注的眼神中，好奇又好問的表現中，我也欣喜見到那朝氣勃勃的下一代。

臺南，四十年未見，如今匆匆來去，除了重溫童年的古都，也享受到古文化城的濃郁人情，歲月流轉，多麼高興讓我接近了古老的城市中，欣欣向榮的青春生命以及默默埋首教育工作的老師們。

愛在故鄉，願它滋長不息。

從愛中瞭解真愛

一月底從臺北飛美國，在西岸轉機，一入機場，全是紅心裝飾，愛語飄滿在空氣中，「啊，情人節快到了，」我跟丈夫說：「又回到了要把愛掛在嘴上的國家。」

二月十四日是西洋人的情人節，商人不會忘記早早就提醒情人們，「快快把愛表達出來」，而最好的表達方式，除了口說行動之外，當然是送花送糖送卡片，每年的這一天，玫瑰花可賣到六十元美金一打，供不應求外，卡片店的生意也是熱鬧「滾滾」，有情人誰也不肯錯失良機。

其實，情人節的由來，並非如此羅曼蒂克，確實起源眾說云云，但比較可靠的說法是，在羅馬帝國時代，有一位名叫華倫泰的人，他深愛孩子，為孩子做了許多善事，但是卻因不信羅馬正教而受刑，孩子們想念他，因此寄了許多表達摯愛的信給他，因此而稱之為「華倫泰日」（Valentine's Day）。另一說法是有人相信鳥兒在二月十四日開始配對，因此稱之為情人節。但是這些全無歷史記載的事跡，有一個全世界公認的事實是，春天是大地甦醒，又是愛的季節，而情人們自然要好好把握愛的日子。

在美國與加拿大地區，孩子們熱中於交換卡片，表達情意，我的孩子在小學時，早早地在一月中就開始，畫卡片、寫愛語、送給喜歡的同學，老師也會在這一天，分贈孩子糖果，說一些愛與鼓勵的話，教室中更是貼滿紅心，學校內氣球、壁報，全是愛的表示，在隆冬酷寒的春寒料峭中，因為情人節的來臨，一切又充滿了生氣與希望。

愛，是可以學習的。愛，更是要時時表示。孩子從小就習慣了把愛掛在口上，也學會了，把愛寫在卡片上，送給心中喜歡的人。

記得有一年，孩子帶回一大袋「情人卡」，好高興的說，他有好多人喜歡他，那年，他才剛入小學，五、六歲的孩子，字都還寫得歪歪倒倒，但是已明白了，受人喜愛，被同學接受，是多麼好的感覺，愛的感覺，並不止於男女之間，而是充滿在不分男女老少的人間。

大文豪托爾斯泰曾經寫過：「要愛必先知如何去愛」。行為心理學家巴士卡力博士，在著名的《愛、生活與學習》一書中，也提醒今人，要學習愛，「要愛，必須把自己引到自我內心，接近自我」也就是自尊人尊。

國內近年來，熱中於西洋的節日，愛情本來就是歷久彌新，不分種族、國籍，全人類的共識，但是，「因愛得愛，從愛中瞭解愛」是要從小學習。沒有尊重的愛，是自私的愛，是佔有慾的表示。強求的愛，人人皆知，是永遠的痛。

願天下有情人皆能享受真愛摯情，並在愛中一起成長，享受幸福生活。

發現愛情

情人節剛過，商店中到處是賤賣、減價的紅心巧克力糖，價格幾乎便宜到原價的十分之一，花店中的玫瑰花，自然也不再供不應求，甚至賣到五元美金一朵。我們年年看著發燒發狂的情人們，急著示愛，年年也看到情人節過後，傾銷愛情，賤賣紅心糖果的大廣告，雖然，商人的噱頭不斷出奇制勝，但是不變的事實是，愛情是永遠不變的話題，不論古今中外，有人的地方，就有愛情的故事，而且人人愛聽，人人追求，也人人想擁有愛情。

羅曼蒂克的愛到底是什麼？為什麼婚前如膠似漆的情侶，婚後都聽到吵鬧分手的訊息？英語中，有墜入情網(Falling in Love)，也有跳出情網(Fall Out in

Love)，所以比起一般的愛，男女之間的情愛，或稱之為羅曼蒂克的愛，如果沒有用心經營，掉入愛河，並不意味著能愛河永浴，反而是，有著共同瞭解，相互交流的友情、親情，比較常存。

我想男歡女愛，存在於男女之間的愛情，也許是首先產生於相互的吸引（異性相吸）之外，也有彼此的化學元素相合（來電或投緣），但是這種相吸，往往是短暫的，過了一、二年，若沒有相互的欣賞共同的交流，或相同的語言（思考層次），很快的會變成雞同鴨講，不能溝通的地步，以致形同陌路。

記得年輕時，嚮往愛情的美麗與動人，聽著同學的姐姐為愛而拋棄一切，與男友私奔，結婚，過著相依為命的生活時，幾乎感動得落淚。但是，兩年後，聽到他們離婚的消息時，我才真正感到難過不解。如今，年歲較長，自然也明白，沒有共同成長的情愛，幾乎是逃不過枯萎，或者萎縮的命運，只憑一見鍾情，口說緣定三生是靠不住的。

送花也好，送糖也好，一年一次的示愛，是初墜情網的愛侶示愛方式，但是，要使愛情歷久彌新，卻有賴兩人共同的投入，新鮮與好奇，都經不起時間的考驗，心靈的交流外，還要保持兩人的「電源」沒有缺電，這個「電」，有人認為是化學元素的相配，我認為除此，應該也是對生活的興趣，與彼此相互的欣賞與關懷，千萬不能退出或冷漠於生活之外，與世界或時代脫節。

有一對結婚五十五年的夫婦，被問及何以保持長遠而充滿生趣的婚姻生活時，他們兩人皆說：「拓展與發現」是他們的秘訣，「拓展興趣，發現彼此」。我想，沒有經歷過愛情的人，很難想像，這種歷久彌新，老而彌堅的愛情。

商店每年要促銷、傾銷情人節的卡片與糖果，但是，我卻喜歡鼓吹「發現生活，發現愛情」，相愛相守的老情侶，其實共同生活中的情與愛，就是享受不完的愛情。祝福天下眷屬都是有情有愛的好情人、好伴侶。

愛從這裡開始

一直到臨出門的那天早晨，她打電話來——

「我們沒見過面，要怎麼相認？」

我幾乎訝然失笑，可不是，我們沒見過面，竟談得像老朋友，我還準備應邀去度一個週末。

「我會穿件紅外套，一眼就可認出。」我告訴她。

飛機是十二點一刻起飛，臺北、嘉義，四十分鐘的航程，一點鐘抵達應該是沒問題。

松山機場，人潮洶湧，週末又加上剛剛考完大專聯考，機場擠得像市場趕集。也不過才二十多年前的事，那年出國時，淚灑松山機場，有如西出陽關無故人般，肝腸寸斷，如今國際機場已遷到桃園，松山機場即使只限國內航班，也已顯然過小，臺灣的進步和富裕，從人民的生活起居，交通來往，已勿庸贅言。

飛機準時抵達，提著簡單行李走出機場，無須辨認，我一眼認出那等在門口的朋友，幾乎沒有失靈過，我的第六感往往可以明確的識別人的面貌。

車子開往大林的路上，她娓娓向我說著，回到臺灣這幾年的生活……。

父親去年病逝，母親仍在適應喪偶的日子。

爺爺奶奶已九十高齡，她週末總找機會回家陪老人家，也享受哥哥一手經營的農田、果園、花圃……。

自己的故鄉，生於斯，中學六年也在嘉義，但是真正認識並愛上這片土地，卻是出國多年之後，再回來的現在。太早北上求學，對故鄉竟然冷落多年，她說著——又歡笑：「可以回到故鄉，找到自己的根源，確實幸福。」

「我們都是幸福的人，有家可回。」兩人同聲讚嘆！

我們可以彼此信賴到，從不曾謀面，到自然自在的談個人感受。生活在自由的土地上，人與人的共識與理念，若能相通，心與心的垣牆自然就沒有必要存在。同樣是學教育的人，同樣是關心教改的人，這之間，就有許許多多的線，交接在一起，談不完也說不盡。

晚上，七點半，在南華管理學院的大禮堂，近百名中小學老師，共聚一堂，又一次的心靈交流。這是我來此的主因。連日電話交談中，早已談出了我們心中的共同關懷——教養問題，困擾著堅守教育工作的老師們，在新舊交接、中西交會中，我們青少年的教育，面臨著空前的挑戰。

「學院想為此舉辦系列講座，你可以來嗎？」誠心的邀約。

我沒有拒絕的理由，丟下了手中的工作，趕來赴約，與站在教育工作第一線的老師們座談。

老師們很用功，也非常熱心誠懇的討論著盤旋心中的問題——

「為什麼今天的青少年如此難教？」

「從前的孩子多麼乖巧！」

「從前的學生多麼貼心！」

「我們用盡心思，卻感到無力之至。」

青少年的問題，幾乎是全世界的共同話題。在人的一生中，青少年時期，本來就是一個重要的轉捩點，我們必須面對的是，世界往前在走，已經回不了頭，與其緬懷從前，懷念過去，不如面對現在，在當下的此刻用心思考問題所在——

「想想看，我們被否定的感覺好不好受？」

「異位而處，我們被派定在後段班、放牛班的羞辱如何？」

「十二、三歲，或十五、六歲，正是人生的開始，如果因為分數不高，成績不好，被判定了一生的『不好』，是壞班，是『後段生』，真是萬念俱灰，尤其在敏銳的青春期，多麼情難堪？氣難平？如何能安心學習？」……除了面對問題，我沒有更好的建議給老師們參考，我還是覺得，愛是唯一的解決辦法。座談會中有一位老師的經驗，他用愛心、耐心的逐家訪談，對每一位自暴自棄的孩子，用心瞭解並給予鼓勵。這之中，多少失親、單親，需要關注的幼苗，又開始甦醒，重新學習。他說：「兩個月，最多一學期，都有改善。」這位老師的經驗分享，正是最好的實驗結果報告。

中小學時代，確實是人生重要的關鍵點，師長的一句話，一點鼓勵，造就或顛覆了多少重要的人生成敗。

站在南華學院頂樓，俯視嘉南平原的阡陌綠野，晨曦中早禱的鐘聲，在大氣中迴盪。一個以人文、以哲學為使命的傳承精神教育，也許能為逐漸功利，慢慢短視的現代社會，注入新血。

告別小木屋，告別初識的朋友。你千里迢迢的回來，我明白你心深處的願望。讓我合十祝福，你和我們共同的家園故土。

愛從這裡開始。

愛是唯一的解答

一週內連續發生了幾宗與青少年有關的殺人案，不免令人對下一代的行為偏差問題，特別注意。青少年的教養與管教，已經是今日開放多元文化社會中，普遍關心的話題。猶記得二十多年前，我初到美國時，曾經向教「青少年文學」的湯普生教授誇口，臺灣青少年的問題，根本不存在，那時我曾教了三年的國中才出國。一班五十多人，也沒讓我頭痛過。如今想來，當時的自己，真是又天真，更幼稚，教授回我一句：「十幾年後，希望妳仍能如此樂觀而不是悲觀」，不幸被她言中。

根據青少年犯罪刑事主任黃富源先生，在接受電視訪問時的說詞，「日前，臺灣少年犯罪率約在百分之十到十二之間，比起十年前的百分之六，高了許多，但與日本等先進國家相比，也差不多。」問題是臺灣地小人稠，我們不能在小池塘裡丟太多石頭，必然的是掀起軒然大波，還會殃及許多池魚，值得深思。

也許是因為自己在海外教養兒女，夾在中西雙重文化的夾縫中，在孩子們的教養上，從來不敢掉以輕心。從一九七三年開拓選課並研究後，更是對青少年問題，時時關注，也許是這份投注，使自己比較瞭解成長中兒女的心理，也更確定，青少年的孩子，並非猛虎野獸，他們其實只要父母用心、用愛，去包容、瞭解他們，到了十八、九歲（有些要到二十歲之後），身體的荷爾蒙穩定，也過了離經叛道的反叛期，與父母的關係，將會更親密，更無話不談，父母多付出一些時間與關懷，比股票報酬率更高。

「身教重於言教」我們的老古訓也頗符合現代教育原理。問題少年出在問題父母或家庭，這話聽來有欠公平，好像我偏袒少年，事實上是成人的責任，不僅僅是家庭，有時社會也有責任。青少年是屬於弱勢或邊緣的人，尤其在傳統、權威的家庭中，敢怒不敢言，即使言了，有些父母也不予於尊重，積壓過久的不平與怨氣，難免一發不可收拾。

我看著新聞，想像著這一群輟學的國中生，他們的父母放棄了他們，學校放棄了他們，游手好閒的日子不好過，可是，誰真正用心管教他們？若不是心中有太多的恨與不滿，手段何以如此殘暴？

沒有人教我們如何做父母，也沒有一套放諸四海皆準的養兒育女之道，但是，孩子的需要其實很簡單，關心他們，愛他們，從小養成的親密感情，能夠有說有笑的兩代關係，到了青少年時期，也就不會無話可說，甚至出了問題。

親子關係要經營，我心痛那被殺與殺人的孩子，不知道這些連續出現的問題，能否喚醒一些忙碌的父母，一些急功近利的官員？教育沒有捷徑，教養兒女也沒有立竿見影的即效方法，唯有愛才是唯一的途徑，而愛，是需要耐心和包容，它的腳步是緩慢的。但是，讓我們一起努力，從愛和包容中出發。

活得好

年輕和年老的差別，並不只限於頭上的白髮、臉上的皺紋，而是當你看到一些養生之道時，會特別注意，讀到孤苦無依的老人晚景時，會想像自己年老時的狀況，先做一些心理建設，不要把自己「嚇倒」。

十多年前，當我們在英國訪問教學半年時，我曾做過一些資料收集，寫了一本有關「年齡」的故事，心理上早已有建設，那時才三十多歲，自覺對成長與年老頗有研究，但是，十多年後的今天，面對著越來越嚴重的老人問題時，仍然觸目驚心，久久不能釋然，也許是因為自己步入中年，更接近老年了。

雖然傳統的文化與古訓已不再存在，但是在東方的社會中，不可否認的，年長者受到較為人性的照顧，我曾在成人教育的課堂上有過討論，大多數的洋人推崇東方社會的尊重老人，雖然不可否認的，西方社會對老年福利與設施比較完善周到，但只有硬體建設，缺乏人性溫情。

記得多年前的過年，我們合唱團的朋友們，曾經一起到老人院為老人們唱歌、聊天。但是當一張張茫然而空洞的臉，對著你而無表情時，愉悅的歌聲，也會變成黯啞低沈。雖然一切設備完全，建築新穎，但是，老人需要的，其實是更多溫情的關懷，這在忙碌的美國社會，是非常珍貴的，因為大家都太忙，太強調獨立、堅強。

想不到，才幾年的時光，臺灣已趕上了工商社會的步調，忙碌的生活，比起西方社會，有過之無不及，年老的父母，尚未做好心理準備，卻不得不面對兒女遠走高飛的事實。

在我們的文化上，老弱婦孺是需要特別照顧的，但是，當時代越來越進步，人與人之間更推崇獨立與堅強時，不能避免的，老當益壯，老而堅強，是我們尚未步入老年的人，必須要給自己準備的心理建設。

接連看到報上刊登老人孤獨無依而終的消息時，心中黯然良久，雖然人人皆不能避免會走到終點的一天，然而一向生活在含飴弄孫、兒孫繞膝的傳統文化中，確實不能接受要獨自面對那驟然來到的孤獨老年，連我們的社會都不能適應這轉變太快的變化，可是問題卻有越來越嚴重的趨勢，當小家庭越來越普遍，而社會越來越多元時，展翅高飛的兒女，父母如何能用「父母在不遠遊」去束縛他們？

歌德，《浮士德》的作者，在八十一歲時才完成此一巨著。摩西祖母，在九十六歲時才展出她的第一次畫作，瑪莎葛蘭姆，在七十七歲時，重回舞臺表演舞藝……，也許，當歲月流轉，當年華老去，渺小的個人能做的就是讓自己好好地活著，不要去期待或依賴太多的「未知」，這也許是面對著二十一世紀，我們要做的抉擇，「活得老而好。」

有氧人生「氧氧」得意

回到臺北的第一件事，是找地方跳舞。聽起來，不可思議，好像我是嗜「舞」如命，瘋狂的「舞蹈迷」。其實，此舞非彼舞，我不是找舞廳跳舞，而是找合乎有氧舞蹈的場地跳韻律有氧體操。臺北有不少這種場所，但一般健身房太擠，教師若沒受過專業訓練的話，會傷到身體，因此特別小心。我也發現了一些健身房，有些在地下室、空氣潮溼、地太硬，完全沒有考慮後果。所以在沒有理想的場地前，我就以走路取代有氧舞蹈，效果也很不錯。

說起有氧舞蹈，已經快有二十年，由於多年文字工作，用右手寫字，伏案讀書，太多勞心勞神的靜態活動，在我三十多歲時，即有右肩酸麻之病痛。

檢查時醫生找不出毛病，卻要我放棄寫作與讀書。當時，我還在研究所修課，如何能放棄讀與寫？丈夫一向對我「一靜不如一動」的懶骨頭束手無策。不跳不跑不打球之外，他竟然送了我一個跌破眼鏡的禮物——有氧舞蹈終生會員證。

這一招很有效，錢交了，而且很貴，不去太可惜，硬著頭皮去參加，一切行頭、設備、球鞋，全部齊全。健康俱樂部在二十年前的美國，開始風行，有專業人員，量血壓、體重、分析你的脂肪、水份等等份量，讓你感到自己對身體的一切太忽略，不能如此苟且下去。要好好愛自己。

有氧舞蹈與舞蹈不同之處是，有氧舞蹈以「運動」為主，「呼」「吸」之間要協調有致，用漸進的方式，加速心跳，再從心跳的快速中，緩慢回到原來跳速。不能過度劇烈，但要達到一定目標，因此每一節（十五—二十分鐘）量脈搏，依自己年齡瞭解快慢之數。跳舞則比較注重體態、姿勢，尤其專業的舞蹈家，要保持婀娜多姿，比較注重美感。今晨從電視看到世界芭蕾舞蹈家，因過度節食才二十二歲，驟然死亡的消息。據說是與過度練舞卻不敢多吃有關。有氧運動，卻未必會有減肥之效，甚至還有加磅的可能，只是運動之後，新陳代謝良好，胃口消化皆正常，肌肉也會結實。我最大的收穫是，所有毛病不醫而癒，肩痛也好了。

現代人很注重身體健康，這是非常好的「投資」，有健康的身體，才能生活愉快，精神抖擻。但是，許多人花大把的鈔票在保健上，像維他命丸、補品等等，卻忘了我們大自然中，免費的營養——氧氣。要吸取氧氣，除了正常的呼吸外，運動——有氧運動，是最基本、最有效的養身之道。體內的器官因運動而蠕動，而得充分氧氣。而使細胞活躍，加強體力，做事有效率，而不覺疲倦。

每天清晨在全省的每一處街頭巷尾，迎著晨曦，不乏爬山、走路、做氣功、打拳、跳韻律操的人們，人人「氧氧」得意，臉上帶著笑容，不論年齡與地位，大家一起享受免費陽光與空氣，人與大自然的和諧，構成了最美的晨景。

好好愛自己，讓天天都「氧氣」得意。

爭吵的秘訣

爭吵也有秘訣？

在以息事寧人的農業社會中，我們學會了容忍與謙讓的美德。在以保護自我權益的民主社會中，我們學習據理力爭的能力，在「讓」與「爭」中，權衡輕重，拿捏取捨的能力，是現代人必須面對的課題。

在從歐洲經香港飛回臺北的途中，一路雲白風輕，氣候宜人，但是飛機抵達香港後，正是歸心似箭，卻因受到颱風餘威，風雨交加，而無法準時起飛。航空公司因用英語與粵語報告，使不諳英、粵語的乘客，不知延誤之因。久候之後，情緒大發，圍著空服人員大吵特吵，並要求賠償損失，以致最後連飛機可以起飛了，也罷機不上，僵持不下，互不讓步的結果，航空公司，又一一從機艙取下行李，我們坐在機上的乘客，在乾等數小時後，把雙方的吵鬧聲留在地面，飛回臺北。

但是，我關心著那各說各有理的後果。不知航空公司是否讓步賠償？不知那吵架的結果，是否如願以償？根據我的經驗，因氣候而誤點的情況，航空公司是可以抵賴不賠的。只是在禮貌上，他應向部分旅客致歉。大聲吵鬧、嚷叫的旅客，也許已體會到，叫罵、握拳擦掌是臺灣政壇常有的現象，怎可搬到海外，讓人又低低竊語——又是臺灣的武打現象上演？

據理力爭是必要的，但是不是大聲謾罵與吼叫，成年人的風範在於懂得保護自己，又能尊重別人。

這使我想起了年初，在芝加哥機場的情況。

冬天的芝加哥機場，常常受風雪影響，拖班誤點時有所聞，如能避免，我們冬天都不想經過芝加哥。但是不幸的是，由西岸東飛，回北卡的途中，必須從芝加哥轉機，不可避免的受風雪影響而亂了行程是常有的事。那天，也是因地面結冰，飛機起落受到影響，幾乎趕不到回家的班機，眼看著就要受困芝城，靈機一動，看到映幕上有另一班飛機因誤點而仍在等候。我急忙連跑帶奔，趕到機艙口，空服人員，卻說非我班機，不讓我上機。我再三懇求，發現與我情況相似者不少，大家都耐心的等候安排，等確定有空位後才一一上機。

上機後，他們給了我一個最後排的位置，我看看商務艙，只有半滿。

「我的位置在商務艙。」我把登機證展示。

「換了班機，就不能保證坐商務艙。」有心為難我。

「我明白，但是商務艙有位置，是你們使我脫班，不是我趕不上。」

「是『天氣』，不是『我們』，使你趕不上你的班次。」聲音既冷且硬。

「對，不是你們，是天氣，我錯怪你們。」我笑著道歉，「我的位置在前面，不是後面，看到沒？那個空位就是。」我逕自走到商務艙，「你不會反對我照著登機證上的坐次找位置吧！」她一路想阻擋我，但我已坐下來，笑著對她說：「如果你有困難，可以請你的主管來和我討論。」我擺明了不想和她多說話的態度，因為我有權利爭取我的位置，並保持一貫溫和而堅定的原則。

坐定後，空服員送上一杯果汁。我微笑致謝。她盡職責，我表現風度。爭吵有沒秘訣？

當然有。就事論事，如願以償，而非情緒發洩，於事無補。我學會了處理衝突之道，是用微笑，而不是用吼叫。

其實，我並不想知道那麼多

「如果有人突然對你表示親近，甚至要你親他、摸他，你會服從嗎？」

芭芭拉華特在她的節目中訪問一些婦女，提及有關柯林頓總統緋聞案的性醜聞時，問著在場的女士們。

「我會一巴掌打過去。」有一位女士衝口而出。

「為什麼不呢？身體是你的，意志是你的，有誰能用他的權力、金錢去侵犯別人的身體，使人屈尊受辱。」

「即使貴為總統也不能亂用權勢。」

「她也說過想摑他一記耳光的。」

「但是為什麼沒打呢？……」

……

打開電視，全是有關柯林頓總統的緋聞事件，在「六十分鐘」的節目中，接受美國國家廣播公司訪問的威利女士，指控柯林頓總統的性騷擾案，已經傳遍全美，甚至全世界。這位曾經為民主黨賣過力、出過錢、做過義工的婦女，自稱在受不了柯林頓的一再謊言之後，挺身而出，掀開總統曾經對她的「非禮」，又為柯林頓總統醜聞加上一筆。

「那她為什麼要等了三年才揭發呢？」也有支持總統的人，質疑著。

茅房越挖越臭，醜聞越攪越醜，演變至今，已成了不堪入耳的笑談，也有出版社要出書，又是一筆金錢交易下出賣隱私的醜聞加上醜聞。而三流的出版社因此又撈上一筆，當然，女主角是否名利雙收，另當別論。不過，她的動機已引起了許多討論，眾說云云中，媒體又要忙碌一陣子了。

越來越多的醜聞，充斥在每日的生活中，我們也越來越麻木於是非美醜的爭執與辨別，日子在吵吵鬧鬧之中，好像再也看不到藍天白雲的清明亮麗，也看不見同住一區的鄰居朋友，但是，總統的私生活，甚至是內褲是三角或是四角？素色還是印花？有人瞭若指掌，也更有興趣去探窺。

我們活在一個公開而多元的社會中，世界越來越小，人與人之間卻越來越疏遠。人人可以在網路上、電視中看到各種消息，知道天下大事，卻不必跨出大門一步。缺少了人與人之間的來往，也少了一份心與心之間的關切，管他死活，先看好戲，而醜聞的傳播，就成了平淡生活中的「連續劇」，成了茶餘飯後的話題。

也許在日復一日的流逝中，我們不知不覺的承受著，這一些看不見的侵害與污染，這一切迎睫而來的視聽與傳聞，從臺北到美國，從電視到電腦，從報紙到廣播……無孔不入的侵擾，無不設法引起你的注意，你，其實也是受害者，雖然你也可以選擇不受其害。

人的快樂是有選擇，現代人的快樂之道完全在於懂得選擇。垃圾與露珠，仰俯皆是，只在乎你的選擇。

我有許多管道可以得知天下事，但是我先得保持我欣賞藍天白雲的清明之心，知與不知之間，也決定了我們觀看世界的心情，而世界是向前走的。

有選擇的快樂

朋友從美國回臺，逢人就說：「我沒想到我的女兒變得如此能幹，又讀書又養孩子，還要做研究、開會，她全一手包辦，有一次，竟然背了孩子，手提嬰兒車、乳瓶尿布上飛機，從東岸飛到西岸查資料。」

我們看著做母親的驕傲與愛惜的眼神，想起那從小我看著她長大的年輕媽媽，不到五呎高嬌小的身材，背負寶寶，手提書包又提尿布的能幹俐落，不由得，我也感到疼惜敬佩。

人的潛力，確實無窮。婚前依賴成性，婚後照樣粗活細工全包，無怨無悔的努力負責，為家為事業忙碌，那一股勁，從那兒來？

有人說是責任感。

有人說是認命。

但是我卻說是愛。

沒有愛的婚姻，會有人願意如此付出？

沒有愛的家庭，會有人願意無怨無悔的奉獻？

沒有愛的自己，會有人願意追求心中的理念？

想起我們的上一代——母親的那一代人，不也是無怨無悔的付出？不同的是，她們之中，有許多人是盡心盡職，卻難免忘了「自己」，在兒女成長求學的歲月中，有多少「古早女人」想到自己？在她們的字典中，自己就是一家人。

她們生活的中心是家和兒女，丈夫和親人，一家人和和睦睦，健康快樂，就是她們最大的成就。犧牲和奉獻的付出中，如果得到的也是家人的尊重和體貼，她們一生無怨無悔，就是最大成就，反之，則怨嘆一生難免苦楚。

我們這一代的女性，介於新舊之間，看到了古早女人與現代女性的甘苦與喜怒，也瞭解到自我與他人之別，但是，有人打破牆要衝出傳統，有人謹守傳統不願改變，辛酸與苦樂的故事於是不斷出現。

變與不變中，我覺得最重要的是認識自己，學習成長。學習的心，就是不會自限的寬廣，只要心胸不侷限一點，傳統或現代，家庭與事業，在自己心中的天平，就很清楚的有了分明的準則，自己愛做什麼就做什麼，才是快樂，最怕的是被人左右，失去了自己的選擇，跟著各種論調競走，辛苦之外，更加徬徨無措。

所以不論如何，先學會做選擇，新式或老派，中古或新古，各種式樣，任人選擇，做為現代人，最大的快樂就是有選擇。自己的選擇。

魅力十足

——從自我領導開始

才離開臺北三個月，回到臺北時，好像又有些陌生，一則是因為臺北進步太快，日新月異，新大樓新建築，讓人眼花撩亂，再則是週休二日之後，臺北的交通更加忙碌，尤其是上下班的尖峰時段，雖然人在車上，但卻動彈不得，完全失去自我掌握權，在美國自由自在慣了，從某地到某地之間，距離算好，車程也有了概念，守時之外，也就能心平氣和的開車赴會。在臺北則短短的車程，有時十分鐘抵達，有時一小時也到不了，讓人難以掌控時間。

上週末應友人邀請，以為臺北↓北投陽明山間，三十分鐘不到的路，卻因週五，長週末開始，足足一小時又二十分鐘才抵達，後來回程，捨汽車，改搭捷運十五分鐘抵達臺北東區，心情完全不同。坐在小汽車中，塞車、焦急，深受遲到讓主人久候的不安與煎熬。在乘捷運時，這種焦慮完全不存在，而且面對著清潔光亮的車廂，心情為之愉悅起來，人也唯有能自我掌握之後才會快樂。

也有許多的改變，是看不見的，除了城市的面貌、交通的阻塞等肉眼能見之外，許多看不見的人，看不到的改變，都在默默的發生著，也帶給許多人實實在在的快樂。

臺灣婦女團體的自我成長，做得非常認真，但是，在媒體上看到的，卻只有極小極少的嘩眾取寵的言論，那些言論，其實侮蔑，或低估了真正婦女工作者帶給社會，帶給婦女個人的正面意義。我這次回臺，也是應邀參與一系列教學活動之一，這些從法律知識、醫學、科學等新知之傳授外，在婦女自我與家庭管理及領導自己/領導團體的內在拓展上，都極能帶給學習者求知的滿足，從學習中獲得真正的快樂。

如何培養婦女的領導能力，好像是非常嚴肅、龐大的題目，但是，領導兩字，在英文原意上Leader是引路人，這比領導或管理別人，來得合乎人性而不聲勢奪人，我就從這一點開始教學課程，一個明白自己方向，替自己做計畫與安排的人，也才有能力服務別人，為別人或公司、社會團體等服務。

這也使我想起美國幾個大公司的領導人，像奇異（GE）或可口可樂(Coca Cola)的總裁，他們在領導經理人員，或員工培訓時，不是用如何如何的理論去啟發他們，而是用自身的經驗與價值觀與大家分享。最簡單的辦法就是說一則故事，每個人都有一些生活中感人的故事，在領導人的學習課程上，我也從說故事開始，談談生命中難忘的領導者，他/她可能是父母、師長、親人長官……，結果，反應熱烈，大家都有故事分享，大家也在輕鬆中學會了真正好的領導是什麼？不必用鞭子管人，而是用「自己」管理「自己」。

我喜歡這種教學法，也百試不爽的看到學習者眼中發出的亮光，學習者之快樂，莫甚於獲得的快樂，以及發現新知後的雀躍，尤其是看到自己內在的真我、內在的潛能，信心於是大增，愉悅滿滿流露臉上。

我想四十歲之後的人，最美的就是內心充實後的自然流露。這可不是高樓大廈、擁擠的大街上看得到的，我們正有許多人，默默地朝這個方向努力耕耘。

美麗與魅力

不，她們是不同的，一位是美麗光鮮，富貴榮華，另一位是布衣粗服，與窮人為伍。然而，她們卻也是相似的，同有充滿悲天憫人的愛心，致力於慈善事業的耕耘。只是，黛安娜王妃，有如一滴雨露，滋潤乾涸泥土，為慈善事業募款、活動，而德瑞莎修女，卻像一片沃土，長年伸張雙臂，擁抱病患窮人，甚至垂死病人，她提供了愛的溫床，讓從未體會過人間溫情的病弱老少，受到關懷，得到愛護。

是不是上天的安排？在一週內，讓世人目睹了兩位舉世聞名的女性之葬禮，也讓我們省思了愛的表達方式。

當電視上，展現著一位枯瘦乾小的病人，臨終時展露的知足微笑：「我好快樂，我終於知道有人愛我。」他在德瑞莎修女的懷抱中平安長眠，無憾而終。

「人類應該有愛」德瑞莎女士在垂死的病人中得到啟示，「沒有人應該在無愛中生存」。她當時才十幾歲，卻已抱定為世人服務的理想，用一生一世的愛去照顧人群。這種胸襟不是每一位少女都有如此修為，就有如當黛安娜在十九歲嫁給王子時，她也許對未來也有憧憬，但肯定和德瑞莎修女不同。她婚後曾經對媒體公開表示過：「我知道我嫁給王子後會過什麼樣的生活，卻沒想到會失去這麼多的自我隱私。」

顯然，年輕的黛安娜，當年的夢是「從此和王子過著幸福而美麗的生活」，童話般的情景，是少女的夢境。她的內在是隨著歲月與環境而逐漸甦醒，從不美滿的婚姻中頓悟而產生不受名位束縛的勇氣。可惜的是，她付出了太高的代價。可敬的是她有勇氣做她認為應做的事。

我總是不斷的在想，如果她在十九歲時就有這份認知，也許她不會選擇那種婚姻，自然也就不會在侯門一入深似海後，為了追求自由自在，為了真愛，而付出巨大代價。

但是多少女孩子在十九歲時有這種智慧？尤其是美麗的女孩，外表的美，有時會蒙住一切，往往因為漂亮，吸引了許多注意，在讚美和仰慕聲中，抬高了自我，忽視了內心世界的經營，一心嚮往的是掌聲與外在榮耀。

美麗無罪，但是，世人往往重視外在的美麗而忽略了內心的自知自覺，情感教育與美學認知課程，彷彿是與生活有一大截距離，生活中有許多令年輕女孩子目迷神馳的美女、模特兒、紋眉、美容、隆乳、豐臀的廣告，「有為者，當若是也」，若有幾分姿色，有傲人身段者，往往不會「養在深閨人未識」，因此之故，才有選美之舉，也才有數不清的風波與糾紛。

美麗是短暫的，魅力才是永恆，但是魅力的產生，卻來自於自身內在的成長與成熟，是可以自己掌握的。

我們不能期盼每一位人都有德瑞莎修女的智慧，但是她自求簡樸，安於平凡的內在生活，卻是值得令人敬佩與學習的。她一生默默做事，只因為那是她所愛的事，一個人能做自己想做愛做的事，就是滿足與幸福。

誰要活到一百歲？

活到一百歲，在數十年前是奇蹟，在今天已經越來越普遍。我們還記得「人生七十古來稀」之古云。不到半世紀，現在活到一百歲以上的人，僅在美國就有六萬一千人，這是上個月出版的《紐約時報週刊》報導，看了報導之後，我的第一個反應是——臺灣的人應該最符合長壽的條件，不知事實是否如此？我正在各方面調查中。

報導上做了許多專門調查，就醫學上研究而言，父母的基因雖重要，自己的飲食與作息習慣也重要，也就是在多吃果菜、多做運動上，保持良好習慣，持之以恆，活到一百歲並非難事。

臺灣有四季新鮮美味的水果，冬天柑橘，夏天芒果、荔枝，又有文旦、柚子、釋迦果，應有盡有，幾乎可以不食人間煙火，只以果蔬充飢。青翠蔬菜望之令人讚嘆大自然之美，每走到菜場，皆以鮮綠之姿迎人。

臺灣的老百姓，日出而作，日落而息，每天早上，到處有晨跑、早操、太極拳、韻律操，絕沒有像在美國車來車去，連上銀行或買速食，都有為開車族而設的窗口服務。我們以前所稱的寶島，正是如此的充滿生趣。

可是，近來很少人稱為寶島了，我跟朋友說，可以活到一百歲的機率，每個人都帶著疑問的眼光，一向笑臉迎人的樂天者，也忍不住說，他們心中有許多恐懼，恐懼於山崩、淹水、搶劫、綁票、污染。每個人都知道臺灣好，山明水秀、四季如春，誰也不願離開這一塊美麗的土地，可是誰也擺不開心中的點點疑懼。

不久前，我與丈夫去臺中農業試驗所參觀，那裡的科學家，潛心研究，改良稻米、蔬菜、水果品質，使我們的農作物越來越價廉物美。想起在美國這麼多年，久違了的各種故鄉風味，真是越吃越健康，難怪我在故鄉的親友們，個個皮膚光亮，身體健康。可是活到一百歲的秘訣，還有一點，除了飲食和運動外，要保持心情愉快，面帶笑容，也就是不要讓憂慮與寂寞打倒，這一點上，也許我們是一個不苟言笑的民族，在笑容上，缺少了一些感染愉悅的笑臉迎人，讓人感到沈重。

在五、六十年前，四十七歲是高壽，如今男人平均可活到七十六歲，女人可以到八十二歲，所以一百歲的人瑞越來越普遍，可是若只有長壽而無政策，在越來越多孤獨無依的老人乏人照料、無人理會的現代社會中，這已逐漸成了社會問題。難怪要笑也笑不出來了。

在可預見的未來，我們想過什麼樣的生活？只好自己想想。健康的身體可以自己掌握，快樂的身心也全靠自己創造、學習。人生的變數很多，有變化才有新機，但是變好變壞，禍福凶吉，也要靠自己的領悟與學習。

誰要活到一百歲？如果面對著的全是惱人的現實，乏人照料的孤苦無依，老人問題，活著有何意義？

誰要活到一百歲？如果未來的日子，充滿新的發現，新的轉變，可以學習、參與、改進現狀……，活到一百歲，多看新世界，活到老，學到老，該多麼有趣？

而這個選擇，不僅在乎自己，也要群策群力去追求。

祝您活到一百歲

——活得老而好，是人生的目標

朋友的母親，已經是八十高齡了，仍然作畫不息，她從小愛美術，但是當六個孩子相繼出生後，忙碌的生活，使自己無暇顧及心中所愛，全心全意奉獻給了家庭，一直到七十多歲，兒女皆長大，也都有出色成就，自己才在家人的鼓勵下，重拾畫筆，不僅越畫越有勁，也更出色，進而開了畫展，出了畫冊，而且與孫輩互相觀摩合作，真正是活到老，學到老，令人敬佩。

科學上已有無數的研究報告證實，不運用的大腦和心靈，有如廢棄的一條腿。喬治華盛頓大學的老人研究中心，更證明了心智的活用，有益於身心的發展，也就是能活到高壽的特徵是——持之有恆，不半途而廢的人。他們也是不肯罷休的人，不斷的要與生命協商，再要求更多參與人生，享受人生的機會，這份積極，也產生了活力。

對於喜愛繪畫、彈琴、寫作的工作者，科學上也有許多具鼓勵性的證明，手指連心，靈活運用的手，也促進了靈活不生鏽的大腦，我們的名作家蘇雪林先生正是最好例子，西方的摩西祖母，九十八歲還作畫，也是不爭的事實。

其實不僅手指連心，有氧運動，也證明了可以防止老化與心臟病，東方的瑜珈與氣功，也幫助了內部器官的活動，因此而避免老化，保持青春活力。

前不久，應邀到政府機構演講，對於心靈改革，精神生活，政府正全心全力推展進行，我也樂於將所學參與服務。不過，也常常有人問及，因為工作忙碌，公務繁多，實在無暇顧及自己內在的精神生活，即使是疲倦不堪，也還是要全力以赴，那有餘暇照顧自己的嗜好與興趣？更別提運動養身，或提昇心靈與精神生活。

這好像是現代人的特徵，忙得忘了自己。

我忍不住要問，「難道連給自己的十分鐘、二十分鐘都沒有嗎？」事在人為，給自己的心靈滋補也是應該。

我們從小被教導「埋頭苦幹」「全力以赴」，使大家忘了停下來喘一口氣，留一點空間給自己的好處。西方人在工作中有「咖啡時間」，並非一定要喝咖啡，而是無論再忙，一定要放下手中工作，換一換腦筋，這樣再回到工作上，神清氣爽，工作效率更好，以此類推，度假的意義也正是如此。那麼，在我們的一生中，除了工作，有一點工作之外的生活空間，培養一些嗜好、興趣，不要因為生活的壓力，而放棄了一切。目前在全美，幾乎都有為員工而設的健身房，一年有共同的度假活動，因為輕鬆自在之後，工作效率更好，人更愉快健康。

如果我們都有長壽的機會，卻沒有長壽的準備，老而孤獨無聊，老而無所事事，實在不必賴著不走。活得老，又活得好，才是生活品質的提昇。

我希望人人都可以活到一百歲，但是不要成為別人的負擔，能自得其樂，能服務社會，能做義工或永不退休的生活熱愛者，都有賴自己心靈的改進以及政府政策的配合。祝福人人活到一百歲。

感恩的日子

每年十一月的第四個星期四，是美國的感恩節，和聖誕節不同的是，感恩節不是宗教的節日，因此全美各地，不論是基督徒、回教、佛教或猶太教徒，都會與家人團聚，共同慶祝這一個節日，而耶誕節卻有許許多多的非教徒，由於宗教信仰不同，並不以十二月二十五日這天為節日，因此，在節慶的意義上，感恩節與家人團聚，已經成了成千上萬人的家庭活動，也是傳之經年的傳統習俗，有如我們過年一樣，人人返鄉團圓。

我如今還清晰的記得剛到美國那年，日曆才換上十一月，市場到處已都是火雞的廣告，許多有家的人也熱忱的邀請異鄉人一起過節。我們初抵異域，更是受到溫暖親切招待，從週四感恩節日起，一連幾天長週末，天天有人請我們與他們家族共享火雞大餐，時隔二十多年，美國教授、友人家庭那份熱誠，還是令我思之仍然暖流溫遍全身。

原來感恩節的由來，是早年從英國、歐洲各地，嚮往自由的移民，乘五月花號輪船來到美國，由於不諳農耕，幾乎受飢荒之苦而斷糧，幸有當地印地安人指導農作，才有豐收的農作物。為了感謝印地安人的幫助，特於農忙之後的十一月底，邀請恩人一起慶祝，感恩的意義，原是一份人類互助互愛的珍貴感情，演變至今，也是對異鄉人、外來客的溫情輸送，相互幫助、扶持，這是多麼高貴的人類情懷，這份以愛和關懷為主的傳統，至今流傳不息。

今年回到臺北，自然沒有火雞大餐與朋友共享，在他鄉的日子，華人同胞，常藉節慶，共聚一堂，或到養老院、孤兒院，慰問孤寡。尤其在感恩節日，有一種「送食物」活動，就是由有心人的捐獻，而達到使流浪街頭的人，可以享受火雞餐以及熱噴噴的可口食物，充分表現了「老吾老以及人之老」

「幼吾幼以及人之幼」的大愛風範。在學的孩子們，也挨家收集多餘食物罐頭，送給需要的家庭，這一切的活動，已行之多年，全為感恩節必做的慈善活動。孩子們從小在一個鼓勵助人為善的環境中成長，自然而然會養成關懷他人，伸出援手的習慣。

孩子們在電子郵件上說，已經有人請他們回家過節，要我們不要掛念，想到在美國的日子，我也總是在過年時，請他們的一幫好友死黨來家中吃飯，慶祝中國年，也介紹一些華夏習俗，如今他們也到洋人家中過節，分享不同家庭的傳統，世界確實越來越小，人與人之間的關係也越來越近，如果能拋開種族、國界，而純以人與人之交往，相互關懷、幫助，這世界必然單純而可愛多了。

在海外過年

回到北卡，正好趕上新春聯歡晚會，大家共聚一堂，歡度新年，其盛況不亞於臺北。在海外住久了，年年如此共度，當年想念過年時，與家人圍爐守歲，迎新送舊的年俗，到了國外，所有華人，全成了一家人，這樣的傳統，行之有年，倒也成了一種習慣，讓孩子們也瞭解到中華文化中，一些過年的習俗與傳統文化。

時光匆匆，又是一年，記得去年此時，我們還在臺北，想重溫記憶中年節的氣氛，街頭巷尾，商店、百貨公司，全是年貨，一幅幅太平盛世，豐裕富足的景象。然而不可否認，昔日年景不在，由於春節連續假期，大多數的人，趁此機會回鄉過年，與家人團聚，也有不少忙碌的臺北人，出國旅遊，舒散一下忙碌了一年的身心。大年初一的早晨，我站在臺北東區的高樓，俯視安靜的臺北街頭，車少人稀，已非平日擁擠塞車可比，有人甚至說：「過年時的臺北最美」，大概也是因為那份一向少有的寧靜安詳街景吧！

海外過年，沒有國內故鄉親朋好友，共享天倫，只好把他鄉當故鄉，二十多年前，我們僅有幾家華人，為了讓孩子也瞭解一下過年習俗，我們除了一起共度外，也藉此機會到孩子的學校介紹一些中華文化，在一個多元化的國家中，每一個傳統、每一個文化，都應受到尊重，也讓孩子們瞭解到，除了聖誕節外，每一族群都有各自的慶典和習俗，從小養成的尊重，也多一份瞭解，自然也可避免因不瞭解而產生的歧視與誤解。

今年的新春晚會，盛況空前，由於華人日多，來自不同地區的族群，也各自選日慶祝，為了便於大家參加，各種聚會排在不同日子舉行，因此更像天天在過年。我們也趁此機會，全都參加，欣賞到了華人特殊才藝，不論老少表演，每一個節目，都展現了老人的才華。尤其是中文學校的孩子，以及一些正在學習中文的洋孩子，用中文演「花木蘭」劇，可不是一件簡單的事，卻讓觀眾拍手叫好。而我心中更感到欣喜的是，當年洒下的種子，如今已開花結果，在學區中兩所中小學的學生，用中文演戲，不僅他們父母驕傲，我們也分享到這份成果。

新年新希望

——新年快樂

又是一年的開始。小時候，每到新年，一定要換一本新的日記本，寫下許許多多新的計畫與希望，不過，虎頭蛇尾，往往日記只寫不到一半，就成了週記，又變成了月記。這些年來，已不再「自己欺騙自己了」。但是，一年之始，總也會列出一些「除舊佈新」的計畫，並且檢討一些想做而未做，或做得不夠好的部分。也許，年歲越長，行囊越想簡單輕鬆，因此，也越過越自在。

年輕時，眼高手低，不免好高騖遠，想的都是遙遠而理想化的事，自然難達到理想。現在學會了把標準訂低些、日期訂短些，這樣每天都有事情完成的成就感。

譬如說，「活得長又活得好」，聽起來偉大而抽象又遙遠，如果把這個目標或希望分為「飲食、健身，減少壓力－自我冥想」就清楚而可行。

1.飲食——以前的健康食物是營養食品，現代人的健康食物正好相反，太營養的牛油、肉類，避之惟恐不及，所以觀念上要更新，飲食要平衡，清淡而不油膩為主，雖不吃全素，但粗菜淡飯多水果，多飲水，並不難做到。

2.健身——活動，活著就要動，動了就有活力。曾聽一位九十歲的長輩說，他耳聰目明的秘方是「走，走，走」，反正每天一定要走路，走路會出汗，吸收氧氣，是最好的有氧運動，如果不能每天走三哩路，一週至少要跳兩次有氧韻律操，或瑜珈等活動，精神自然會舒暢愉快。

3.減少壓力－自我冥想——現代人生活太匆忙緊張，已經有許多技巧可以減少壓力，以免血壓升高，影響健康。最簡單的方法是太忙或太緊張時，深呼吸，再慢慢吐氣，會舒緩心情，暫時把工作拋開，喝杯咖啡或茶，把紊亂的思緒拋開，如能打坐或冥想更好，美國有許多壓力化解中心，已採用東方的氣功、打坐之方式，效果昭然。

我想生活中，有許多可以自我控制的方法，來促進自己內在與外在的平衡，心理學家榮格說過：「內在與外在的平衡合一，就是快樂。」我們追求健康，當然不只是身體的器官無病，也要求心靈的安祥平靜，因此，在我的感覺中，心靈的平靜，內外合一後，就不易為外界紛紛擾擾的事務干擾，這也是最簡單的「生活禪」。

柏拉圖曾經說過：「有樂觀踏實個性的人，不會感到老的威脅，但相反的人，即使年輕，也感到年齡的負擔。」我卻也深深感到，如果沒有健康的身體，如何能開朗樂觀？我們要有春天的心情，就必須讓自己身心平衡快樂。至少，這點，我們每個人都可做到。

讓我們一起互勉打氣——

新的一年，新的自己，用靈活的身體，開朗的心情，保持年輕，避免心靈動脈硬化。

背後的力量

「已經是三十多年前的事了，你還記得那麼清楚。」我對著我的老友說：「你這份對工作的投入與敬業，真該好好表揚一下。尤其是新聞工作者的重要性。」

「哎呀！表揚什麼哦！這是我的本份工作啊，」我這位在新聞崗位上守了三十多年的老友謙和的說：「我最高興的是看到我們的小作者沒有放下筆，而且得了獎，這才是我最感欣慰的事。」已經做到總編輯的朋友說。

也許那只是一則新聞，一個獎勵，不過背後卻有一則感人的故事，而對於感人的故事，我是太喜歡分享給讀者了。

由文建會與愛盲文教基金會合辦的第一屆全國身心障礙者文藝獎，頒獎典禮在四月底的一個午後舉行，得獎名單中，有一位得獎人——小說組的第一名孫金靜小姐，是國語日報在三十多年前舉辦的小學徵文比賽中得第一名的孩子。

「我一看到那名字，立即想到三十多年前的情景，立即翻出當年報紙，果然是同一個人。」朋友說著，憶及了往事：「那時孫小妹妹因小兒痲痺，不良於行，每天要由父親接送上學，她於是在文章中寫著，希望能有機會開刀，使自己能行動方便，減輕父親負擔。文章發表後，引起菲律賓僑校小朋友的關懷，不僅全體寫了信給她，還捐了錢，約合新臺幣一萬餘元，請謝冰瑩教授轉交，讓孫小妹妹得以開刀，醫治因病而帶來的殘障。」朋友找出當年報紙，讓我也分享到了三十多年前的新聞報導。也看到了坐在輪椅上領獎的小說創作者。

「只有妳這種一心守著工作的人，才能串連起這些故事。妳真是以報社為家了。」我衷心讚賞的說。

「我們那一代的人，不都是如此嗎？那時剛走出校門，凡事點滴在心，完全認認真真在做事，當年自己跑文教新聞，更是難以忘懷社會中感人的事。」

時光流轉，當年的孩子，也許曾經放下筆，也許因為身體的殘障而氣餒，但是，留在心上的，那溫馨的往事、那來自菲律賓、來自報社、來自廣大讀者的祝福，應該是再提筆、再出發的力量吧！

小說獎第一名，最佳證明！

我多麼高興看到這份才華沒有因身體的殘障而埋沒，她說她會再繼續寫下去。

一份鼓勵，一塊園地，一個獎章，也許一時看不到耀眼的成果，但是，這份力量卻足夠使一個人站起來，我想，我們每一個人的一生中，都受到過鼓舞，那背後的力量，我們永遠心存感謝，也願意綿延傳遞下去。

幸好我們的社會還有人熱心地維護著這份人類工程，讓殘障的心靈有釋放的空間，讓善行懿德綿延不絕。

送一朵花給您

她不是達官賢要，也不是富賈財閥，不過，在許多人心中，她的人格將成為楷模。

她不曾教過我，我和她也沒有深交，但是，她的逝世，確實令我相當不捨。

雖然，她享有高壽，九十四歲，而且安然而去，不曾受苦。

在她五十年的教學中，投入了一生的心血，學生中有七位成名的作家，把書的首頁，寫上她的名字，奉獻給她，也感謝她的教誨。她一生，甚至去世前，不曾放棄教學。

做為一名中學英文教員，她真的是無憾無悔。

我敬佩這樣的人——認認真真做事，把自己的工作當作是一生的志業，這樣的老師，多麼難得，做為她的學生，多麼幸福。

剛到北卡州時，為了幫助「英文為第二外語」的學生，我曾在中小學做義工，輔導不諳英語的學生，她是本地最古老的中學——波頓中學的英文教師，因此有數面之緣，但對她的教學，已久聞其名。

她從不坐著教課，也不否定任何學生的能力，她會為了解釋一個字，從教室這邊走到那邊，表演給學生看，「Archaic」（古老之意），她指著窗外她的老福特車做比喻。在學生作文上，加上一朵花，表示讚美，有時夾上一朵真花，做為鼓勵。她的早年學生回憶著說：本來是乙下的學生，被她一讚美，全拼了命用功，而成為甲上（A＋）的學生。

中小學的老師，甚至是幼稚園托兒所的褓姆，對一個人一生的影響極大，老師的肯定與鼓勵，不僅啟發了孩子的智能，同時也影響了他（她）們的自我信心與為人處世的風格。

可是，不幸的是，在工商掛帥的社會中，這樣的老師越來越少，薪水低，工作繁重，僅僅是文書處理（各種表格、報告）加上作文批改、開會等等，一天十六小時的工作時間都不止，在美國的教師，還得每五年進修之後，才能續聘，也難怪紛紛改行的教師，越來越多。一般人求職找事，皆以薪資高低劃分階層。

但是，金錢的多寡，權位的高低，並不能決定一個人的快樂與否，也不能劃分一個人的人品高下，我曾看到把別人的成績據為己有的主管，把別人的利益抹在自己名下的富人，他所受到的唾棄、不屑，又豈是那高位與多金能抵償？他的快樂與否也不能和名利成比例。

有人追求名位、財富，有人追求內心的充實。

有人做秀，也有人做事。

但是我相信人人心中皆有清楚的定論，有許多風格，是金錢與名位買不到的。

我只想送一朵花給皮卡克老師，我相信她活在許多人的懷念中。她的品格如花般的美麗芬芳，提到她時，人人口吐幽香，充滿敬仰與讚美。

女人治校

北卡州立大學的校長終於在大家的期待中票選產生了，她是創校一百一十一年以來第一位女校長，正巧與北卡大學的總校長，以及杜克大學去年才上任的校長，全為婦女當家，共同為女性爭光。

北卡地處日光帶，氣候溫和，四季分明，近數十年來吸引了許多學術與工商機構南來拓展，因此人口大增。當然這也是因有著名的三角研究園區，以及三所各具特色的大學，醫、農、商、文、法與科技，提供了天時地利的條件，因此使地方繁榮。全州又有五十多所社區大學，也培養了就業的人才與資源，所以在經濟發展上相得益彰。

不過在美國的歷史上，北卡州是以其南北戰爭中的蓄奴與種族歧視「惡名」昭彰，比起自由開放的北方地區，無疑的北卡州是比較保守的一州，就以男女平權而言，一直到一九三五年，女性都不被鼓勵進入北卡州大，因為以農工為主的大學是不適合傳統的女性就讀的，所以雖然沒有明文禁止，但是女性學生都被勸導到其他分校就讀。到了一九四〇年才有第一位女教授到北卡州大執教，一九六〇年代婦運興起，女性學生才從一百九十七人增加到二千多人，在全校近三萬學生的比率上，這並不多，即使是女院長也是十多年前才有的事實。在這樣以男性為主的大學，如何贏得多數票選而得到校長之職位，可不是簡單的事。

她今年五十歲，已發表近三百篇論文，是美國國家科學院院士，目前是德州大學副校長，最小的兒子今年上大學，她可以全心投入新職而無後顧之憂，問她何以能在家庭與事業、行政與研究之間如此平衡發展，她說她是一個受不了枯燥乏味生活的人，但是除此之外她也是會善用時間的人。她提到隨時帶著論文在旅行中書寫，當同伴們在說小話、在玩樂時她埋首於工作中，「那麼你的休閒活動是什麼？」有人問她，「教育我的孩子，與他們一起玩。」

我相信每一個成功的人，都有他們安身立命的信念，尤其是在一向以男性為中心的社會，福思校長沒有一點怨氣與不滿，她只是很幽默的說到，二十年前她第一次到德州大學申請教職時，一位男性教授大為反對，「要與女人共事，除非我死了」。她得到工作，六個月後那人真的死了，「那可與我無關」她幽默的說。

做為同為女性，我特別感到興奮與關切，相信她的上任給予許多用功努力的婦女無限鼓勵，抱怨、訴苦、說小話、或者惹事生非、引人注意，其實都是浪費時間，唯有把自己內心充實，用自己的實力去與人競爭，才能實至名歸，也才能得到尊重。

他山之石可以攻錯，也許在未來的二十一世紀中，有許多空間可以給予女性發揮的機會，但是天下沒有白吃的午餐，正如福思校長所言：「一切全在你自己的努力中。」
讓我們一起共勉。

學習的心

心靈版圖的拓展

當畫家朱為白、李錫奇與吳昊熱心的示範著版畫的製作時，我們也興致勃勃地學習著，把墨加上，把白紙放上版，再小心壓平，然後一張張版畫展現眼前，不僅僅是學習的快樂，也有動手做，用心參與之後的滿足感，有什麼比這種收穫更令人雀躍。

這是由國家文藝基金會所舉辦的「再造版圖——臺灣現代版畫四十年回顧展」。我恭逢其盛，趕上開幕式，還與李總統夫人及連副總統夫人一起學習，看到大家展示著自己手製的版畫成果時，那份得意與快樂，真不是金錢或名利可買到的成就感。

這使我想起孩子們在上小學時，也曾用版畫做成禮物，送給我做為母親節的禮物，至今家中仍懸掛著他們的作品，那小小鳥兒，啄食果子的樣子，饒是有趣，孩子從小在美術課程中，所培養出來的欣賞能力，也隨著歲月，日漸成熟，變成了他們對藝術與人文關懷與投注的能力，時時與我分享討論。

我們的童年，因為社會普遍困苦簡陋，對於藝術的接觸與學習，幾乎是一場奢侈的夢，即使是畫家，所展出的作品中都是六十年代自我珍藏的舊作，但是在物質普遍貧乏的當時，也只能因陋就簡，用獨幅版畫呈現。在當年資訊與知識都不發達的年代，畫家用的是一份熱情與執著，延續至今日，已成了典藏情懷，不僅作品珍貴，少年狂熱於藝術的熱血，也沈澱出自己的風格。從堅持與努力中，走出自己的路，創造自己的版圖。

比起六十年代窮苦的環境，九十年代的臺灣是富足而多采，一切學習環境與物質供給，比六十年代強過數十倍，但是，我們的美育教育，是不是也同樣豐盈多姿？沒有了升學壓力的孩子，是否能充分得到美育與人文生活的陶冶？由於我的孩子從小在美國成長，我發現到他們從小參觀藝術館、博物館的習慣，以後使用圖書館查書、找資料的求真精神，對於真、善、美的智能訓練與培養，學校從不掛在嘴上當口號，而是點點滴滴融入生活教育中。但願國內也有這份細水長流的教學理念。

心靈版圖的拓展，其實要從小開始，我看到國內近年來也在硬體的擴建之外，加強了內在軟體的充實，文建會的推行讀書活動，舉辦接近藝術活動……等等都是實例，但是我也希望有更多學校參與這種播種的工作，孩子越早接近文學、藝術、音樂，越早養成心靈多面觸覺的能力，也唯有這樣，心靈的版圖才能不侷限一角，只汲汲於狹窄的專業訓練，失去了欣賞廣闊天空的多采多姿。

我覺得在那個與畫家學習的下午，我又再次發現了學習的樂趣，拓展了心靈的領土，特此分享「活到老，學到老」的同好們，繼續拓展內在版圖。

有心的地方

圖書館一直是我愛去的地方，孩子年幼時，常常帶他們上圖書館查書、借書，他們長大後，自己會開車，自然不必我再接送，但是上圖書館已成了習慣，借書、看雜誌，往往令人流連忘返。

電腦風行後，在網路上查資料很方便，上圖書館的次數也減少了，去年回臺一年，幾乎忘了圖書館的好處，尤其是圖書館服務人員的親切、熱心，讓人一天心情都為之輕鬆。

那天為了查一份資料，頗費了一番周章，圖書館員熱心查詢，找書，打電話，折騰了許久，終於在鄰近的另一家圖書館找到了。

「可是離下班只有三十分鐘，你趕過去會來不及，」熱心的圖書館員說著，又請我稍候，然後告訴我：「我已請對方影印後，傳真過去，十分鐘內你就可得到你要的資料。」十分鐘後，我拿到資料，他們分文不取。

我除了連聲致謝外，對他們的服務態度大大讚賞。更令我驚奇的是，幾天後，我又上圖書館借書，那位圖書館員，還熱心的問我：「資料合用嗎？」「合用，合用」我趕忙又致謝一次，並衷心讚美他的熱心，省了我許多時間。

「這是我們的工作，不然我們在這兒做什麼？」他笑咪咪的說。

熱心，真的是萬事成功的動力，美國的圖書館，方便又省時省錢，只要你肯花時間，幾乎「有求必應」，充分做到「便民」「惠民」的目的。最近更配合著社會的變遷，老年人口的增加，於是又透過圖書館義工服務，接送老人上圖書館借書，或帶了書到老人的家去唸給他們聽，或陪陪他們談書，聽聽他們對書的感想。愛書的人不會老，也許行動上慢些，但腦子可清楚得很，對自己所愛的書，不論文學類、非文學類，書和錄音帶，都有不少「老」讀者孜孜不息的享受讀書之樂呢！

當社會越來越多的老年人口，政府的政策也必然配合著引導，讓年老的人，在忙碌了一生之後，可以繼續保持讀書的嗜好，而不會使生活變得枯燥單調，甚至無聊得不知如何是好，於是牢騷萬腹，困擾了奉養的子女。

一個學習的社會，一個不斷成長的社會，並不需要叫叫嚷嚷，而是從一步一腳印中，從許多人默默的推行中，蔚成了一個風氣。說比做容易，但是做比說實際。從孩子的故事時間，到成人的談書討論會以及老人的接送，我看到了一幅「幼吾幼以及人之幼，老吾老以及人之老」的行動畫面。而這個畫面是由許許多多有心而熱心的人共同「動手動腳」，繪製而成。

有心的地方，就有希望，而能坐而言，起而行，卻是使理想變成事實的動力，也是美國文化的特色之一。

為有源頭活水來

回國半年多，常常有機會與婦女朋友座談，也分享了許多他們實際生活中的喜樂與困惑。在婦女們忙著生活諸事中，一心為家為孩子之餘，也都努力著，要找一小片屬於自己的天空，給予自己成長的空間。出來聽演講，參加座談會、讀書會，或系列的成長課程，都是很受歡迎的活動。每一次活動之後，雖然讀者們的反應熱烈，都說受益匪淺，但是真正收穫最大的，也是我自己，因為從直接的交談與對話中，我感受到了每一個活躍的心聲，急欲成長、學習的渴望。

這難道不也是每一個生命應有的求知慾、學習心？可是，我也聽到了許多困惑、不解的問號——

「即使出來聽一場演講、上一堂自己喜愛的課程，也是要千方百計編藉口，用上街購物，或接送孩子的理由，為的是這是一件我生活中最享受的時刻。」聽之泫然。

「上街購物是可以的，送小孩學琴學畫也是正經事，但是，聽演講或上課，太浪費時間，妳又不必去找事養家。」反對的聲音，說明了家人的心態。記得很多年前，我為研究報告做採訪時，一位婦女說出她丈夫的內在恐懼。

「如果你答應不改變，我就答應妳去上課。」

那是十多年前的美國，現在是否仍有人如此控制「自己的女人」，我不太清楚，但是，婦女掙扎著找尋一點自己學習的機會，一點屬於自己可以掌握的拓展空間，好像仍有困難。她們困惑的問：「怎麼辦？」

可能嗎？一個人永遠不變？

可怕嗎？一個永遠故步自封的人。

記得宋朝學者朱熹就有〈讀書有感〉詩句，令我欣賞不已。

半畝方塘一檻開，天光雲影共徘徊，
問渠那得清如許，為有源頭活水來。

一個人，求知，學習，不正是為了保持內心的活躍，要有清流不息，必得有活水源頭，不然心靈乾涸，活水成了死水，枯木死溪，如何有生之樂趣？為有源頭活水來，不正是我們人人都想保持的心靈狀況？一顆成長學習的心，也是人類起碼的活著的權利。不僅僅是婦女，應該是人人應有的人權吧！

根據美國勞工局的調查報告，在過去數十年來，婦女回校選課學習的數目，較之七十年代，增加了百分之八十，婦女在當了十年或二十年妻子與母親的角色後，意識到本身的「自我」。而家事的簡化、社會變遷、科技進步等都促進了這種趨勢，但是幾乎百分之九十的婦女都承認，有內疚或壓力過大的心理負擔，如果未得家人及配偶支持是不可能完成的。

十多年前，搜集婦女再教育的報告資料時，我強調了家庭份子間的和諧，一個有怨氣或不快樂的主婦（妻子、母親、媳婦），都會影響一個家庭的氣氛，甚至影響了孩子的身心發展。今天，在世紀末，二十一世紀將屆之際，我們大談國家競爭力，如果還有人抱殘守缺，要自己的媳婦、妻子，「守著陽光守著你」的矢志不變，做一名小妻子，不是太自私了嗎？而這種自私心，很可能就是堵住了活水的源頭，導致家庭暮氣沈沈，了無生趣之因。家庭沒有活力，社會國家何來充沛的生機？

教育是潛移默化、改變的因素。有人用街頭運動，達到改革目的，有人用教化人心轉移風氣。不論是靜態或動態，世界是往前在走的，如何能要求一個人永遠不變？永遠活在封閉的世界？

「不必找藉口，也不必內疚自責；學習如果是你所嚮往，就向家人坦然陳述，大家互相配合作息，尊重各自成長空間。『為有源頭活水來』，或用朱熹前輩的古詩，我們為活著的生命，找尋快樂的註解。」我向疑惑的婦女說：「為自己拓展心胸，多開闢心靈窗戶，不僅是你的權利，也是人人天職。這不只是女權，也是人權。」

不知您是否同意？

終身學習

教育學家卡爾羅傑(C. Roger)，在〈未來的個人與世界〉文中，一再強調未來的個人，不再懼怕改變，而會從改變中，拓展自己。

改變，其實就是學習的開始，學習也是改變的必然過程，經由改變，往往帶來更有價值的轉機。我們的一生中，有許多的變數，如果自己不接受改變、拒絕改變，將有如逆流而上，增加許多的困擾與折磨。這使我想起許多人在學成業就之後，又回校讀書，或拾起舊好，培養另一種嗜好與專長，在學習中，發現自己更多的潛能與興趣，也與周圍的環境及世界相輔相成，從接近自我內在，到瞭解外在世界，活得踏實而自在，全由學習中獲得。

這個學習，不限於年齡與場地，非常自由而富彈性，也就是未來的世界趨勢——終身學習。正巧也是我在美國所學的專長——成人教育。

就以我手邊現有的資料為例，歐洲、美國等國，從五十年代開始就有計劃的立法推廣，撥下大筆經費舉辦成人推廣教育，從社會、經濟與科技的發展中，早已預見未來趨勢，人類內在的開發，使每一個人更確實肯定的變成了想要做的「人」，而不是被牽著鼻子走的「俘虜」或「跟班」。唯有內在的認知與釋放，才會成長與快樂，終身學習，正是幫助每一個人，從學習中，解除困惑煩惱，而能自由自在的成長，成為一個成熟快樂的國民。

這次在臺北的停留，我看到了國內在積極的推動終身學習，使我特別欣喜。這二十年來，我也寫了不少文章，試圖分享我在國外從事終身學習教育的經驗與心得，比起西方國家，我們雖然晚了近五十年，但我們終於也積極的推動了全民終身學習的策略，「活到老，學到老」雖然是人人皆曉的成語，但是要付諸實行，要落實到全民的教育活動，還是有賴政府的明文策略與推動，我們要現代化、有競爭力，怎能不配合世界潮流，走向終身學習的教育方向？雖然起步晚了，但是有了策略與方向之後，要實行就有跡可循，也指日可待一個不斷學習的社會來臨。

「問渠那得清如許，為有源頭活水來」，朱熹前輩的讀書心得，提供了一個存在不變的事實，要保存內心清明如水，必須不斷讀書學習，要使社會活水源頭不枯竭，終身學習正是那水源來處。

有許多歐美各國，開發爭先的發明試驗，我們可以不必亦步亦趨，許多時髦與風尚也沒必要全盤接受，但是，終身教育、全民學習，我們再不能等閒視之，也有必要迎頭趕上。新任教育部長林清江先生，在國內推動成人教育多年，如今全力以赴，推動終身學習，我希望從此我們的教育方式，更趨多元、開放，而不只侷限於狹小的一個角落。

夢想成真，有跡可循

朋友從法國南部打來電話，她正在那兒學習油畫，要到夏天才回美，與家人小聚度假，然後再回法國完成未竟學業。電話中，她聲音響亮愉悅，談著每日生活，除了看畫、繪畫，就是旅行、遊覽。「簡直棒透了。」

我完全能分享到她的喜悅，前年，當朋友們得悉她去學畫時，不少人問著：「都過了半百，還留學他鄉，幹什麼呀？」

「做她喜歡做的事啊！」我替她回答。

「把老伴一個人留在家裡，不是太寂寞了嗎？」也有人問著。

當兒女長成，忙碌的家庭生活，又只剩兩人時。每天忙著三餐的料理，不再是主要的活動，接送兒女的司機褓姆，變成了用功的學生，有人回校讀書，有人獻身社會服務，擔任義工，也有人終於可以滿足心中宿願，去追求一直壓在心底的夢想。

上一代的婦女，克勤克儉，為家為兒女，完全沒有自己，在社會保守而單元的時代，傳統的女性，宜室宜家，相夫教子，社會的規範，維護了家庭的和諧，卻也使不少心中有夢，懷有才華的婦女，有志難伸，鬱鬱以終。

現代社會多元，男女不必固守既定角色，婦女的空間更多揮灑餘地，只要夫婦之間，情投意合，互相尊重，兩地夫妻，空中飛人，內在美……各種婚姻家庭的模式，任人選擇，外人實在不必費心去置評，或甚至猜測「是不是家庭不合？」

前些日子，看到一篇報導，十年前婦女消磨在廚房的時間是平均每日三小時，一九九七年的調查，已降低為三十分鐘至一小時以下。這之中的原因是除了現代化的影響外，也得力於家庭份子間的協助，也就是廚房不再只是女人的天地。當兒女長成，當家事簡化，當社會提供了更多的機會，當世界越來越多元化時，……有什麼理由，能要求自己，守著一個小角，把自己牢牢困住？

只有「自己」。拒絕成長或改變的「自己」。

當人類的壽命越來越長，當牽扯裙角的兒女已展翅高飛，當柴米油鹽醬醋已不必費時處理時，多出來的時間，端賴自己的智慧去安排與調整。別人的鞋子，未必適合妳的腳。別人的方式也不必亦步亦趨，留學他鄉，或回校上課，充當義工，或轉行成另一族上班族，或享受，風簷展書讀，過過「採菊東籬下，悠然見南山」的自在。這一切選擇，全掌握在自己，重要的是與自己家人的配合與尊重，而不是太多的自我否定，把自己打倒。

夢想成真，有跡可循，也許不必等科學證明，已經水落石出，有許多人正在隨著內在的心聲，使夢實現。

太空人的精神

報上刊登著前太空人格蘭的照片，這位目前為俄亥俄州參議員的七十六歲太空人，正勤練身體，準備再次登陸月球。照片上，他身著橘色太空裝，手拉繩索，由上而下，做著在太空中緊急事件發生時的訓練。

「這真是一項挑戰」他說：「但是在一九六〇年代登月球的訓練也並不容易。」

這位七十六歲高齡的太空人將於十月再飛越月球，成為最年長的太空人。接受挑戰，也是美國的文化之一，就像「追求夢想」，使「美夢成真」一樣，他們的文化是「動態」的，也許正是這樣滾石不生苔的態度，他們出了不少的運動員，卻少了哲學家。但是不可否認的現象是，只要一息尚存，人人都不願坐以待斃，等著死亡敲門。

比較之下，東方的社會安靜多了，尤其是年長者，先自己給自己畫了規範，雖然孔子有云：「隨心所欲而不踰矩」，也只是隨心而已吧！那敢不知老之將至的面對挑戰呢！更遑論飛到月球做太空人了。

我自己就是標準的東方人，還不到六十歲呢，但是去年四月去綠島旅遊，許多人都去「浮潛」，入海底看美麗的海底世界，全身蛙人披掛，潛水海底，我就是沒有這個勇氣，乖乖地坐在岸上曬太陽，回來還起了一身紅疹，玩沒玩到，罪倒是受夠了，標準的旱鴨子。

在美國的老人，他們可不服老，退休後的人，到處遊覽，我有一對年近八十的「老」朋友，一年有半年開著可以伸縮的車，三房兩廳呢，廚廁俱全，冰箱、電視一樣不缺。上路時，縮小成一般旅行車大小，到了聚會點，哇！現代化設備享受。現在已有不少州，有這種「聚點」，給年長者會師享樂，和青少年也差不多，許多在聚點上交到的新朋友，又約了再相聚的時間和地點，生活多采多姿，經歷日新月異，誰會去想老？身心愉快，一輩子辛苦，退休了為什麼不過自己愛過的日子？這就是自在吧！

雖然沒有太空人格蘭一樣的精神，事實上，有多少人合格呢？但是面對挑戰，創新發現新境界，人人都有這個好奇心的，我想最重要的是每個人敢做夢，敢追隨自己的夢想，敢超越自己，也唯有這樣才能抗老，抗拒歲月的腳步。

我想從現在開始，不先預設立場，不要自己畫地為牢，也許老年會多些笑聲，少些嘮叨的最好準備。

太空人的夢也許太遙遠，太空人不畏困難與挑戰的精神，倒是值得學習的。

青春是否能喚回？

三月中，北卡書友會，舉辦了今年春季保健座談會，題目是：不信青春喚不回，請來了兩位對運動與保健有特別研究的講師，給大家做示範與講解，在短短的兩小時中，確實收穫匪淺，主講人用她本身的經驗，談到她自己從年輕時就是超級胖子，總是在節食，十年前才開始運動，意外的把身體練好了，以前上樓梯都會喘氣，如今每天可跑五哩的路，身材變苗條了，雖然體重並沒減少，以前的肥油卻不見了，她母親才六十出頭，一直怕出國旅行，因為太胖連走路都困難，但是受到她的鼓勵，也開始運動，如今不僅到處遊山玩水，精神比年輕人還好，人也容光煥發，相信一向不愛運動的人聽了之後，一定會開始努力健身，不僅為了養生，也為了喚回漸行漸遠的青春。

記得母親那一代的人，五十歲就叫老了，現在的人，五十歲才是人生的青春期，開始成熟的對待自己和人生，也許頭上有些許白髮，臉上有些許風霜，然而可並無老態，尤其跳起有氧體操，勁道比誰都強，我有一位朋友，今年已經快七十了，可是他跳有氧舞蹈、游泳、騎車，樣樣都來，他說青春不是長在臉上而是在心理，如果你覺得老了，什麼都不想做，即使只有二十歲，也不算年輕。

這些年來，美國大興運動熱，尤其是對東方的瑜珈與武術更為著迷，因此有關運動與健身之研究，形成時尚與熱潮，最近新聞週刊的專題報導，用打坐與素食控制了心臟病，已經有人十多年未再發作，所以運動已不只限於健身，其實也包括了治病與美容。愛美是人的天性，對於年輕與活力的擁有人人趨之若鶩，誰不想把青春永遠留住？誰不希望有用不完的活力能量產？

其實青春是否能喚回，不在年齡，也不在肌肉是否強健，而是心理的狀況，未老先衰，雖然只是二十歲，卻也不能說是年輕人。

英作家莫理士(Dr. Moirris)曾經對年齡做研究，他說人類可以活到一百歲，不是讓生命苟延殘喘的活著，而是充實樂觀的生活，羅素到九十歲還工作不休，摩西祖母到九十六歲才開畫展，他們才是真正青春不老的代表。做為現代人，我們有幸能享受醫藥的發達所給予的方便與健康，有時卻忘了保持內心的清明和樂觀，所以青春的定義應該不僅是身體的健康，也包括了心靈的活潑與樂觀，喚不喚得回青春是一回事，重要的是我們在心靈上先有了防老的建設，這樣才能免除外界接踵而至的騷擾。

成長來自行動，活得長而好，今天就開始吧。

請——注意腳步

即使是一株微弱的小草，也能使露珠晶瑩

英・詩人——華滋華斯

聽過這個寓言嗎？

有一位兒子，他因嫌棄家中年邁的父親，吃飯老是手不能拿好飯碗而摔破於地——洒了滿地的米粒，因此要他父親坐在牆角吃飯。有一天他回家，看到自己的兒子埋頭做木工，好奇的問兒子，

「你在做什麼呀？」

「我在做木碗，將來你老了，和阿公一樣手會發抖，打破飯碗，所以做一個木頭的給你用，這樣坐在牆角也不用擔心打破碗了。」

看到了教育部長吳京先生宣讀國中後段生的一封信內容「今日你們放棄我們，明日我們就放棄你。」「你們不守法，我也可以不守校規。」忍不住想起了那則挪威童話寓言。

教育的問題，一直是國人關心的話題，我們外匯存底如此耀人，教育方式卻仍停留在古老階段。雖然，我們的成語中，不乏：「行行出狀元」、「天生我才必有用」……等等勉勵佳言，但在實際的生活中，卻仍以成績高低，表現優劣來給孩子貼標籤、訂高低。「前段班」、「後段班」、「升學部」、「放牛班」、「好班」、「壞班」，幾十年未變，從我做國中老師時到今曰，數十年。似乎情況依舊，甚至變本加厲，因為人口越來越多，競爭也更形激烈。

教育家史凱爾(Skeels)曾經做過一個調查報告，「在孤兒院中，被遺棄的孩子，無論智商多麼高，一進入孤兒院，智商往往逐漸減低，以致幾近低能兒或白痴的地步。因此史凱爾博士找了十二名孤兒，送到智力發育緩慢的少女院去，讓這些女孩照顧，雖然少女的智力不高，但是她們真正愛這些小孤兒，結果顯示，這十二名有人愛，有人照顧的孩子，不僅個個完成教育，結婚，生子，自力更生，生活美滿。沒有造成社會福利的負擔。」

如果我們的教育，目的是讓每一個孩子，養成健全的人格，能身心平衡，生活快樂，不會成為國家社會的負擔（依賴救濟）或作奸犯科成為罪犯，我們就必須給予有愛的教育，從尊重中學會「自尊尊人」的人格。社會的現象，其影響深遠巨大，雖然也許一時肉眼無法看出，但是人體內的病變，往往也是肉眼看不見的病菌構成。我們注重環保，提倡心靈改革，如果不從教育著手，不注重我們下一代的身心健全成長，一切也就徒然空談。

「即使是一株微弱的小草，也能使露珠晶瑩，」

更何況是一個個正對人生滿懷好奇、憧憬，有希望的年輕生命。讓我們愛護小草，勿踐踏綠地。

請注意腳步。

身體不是秘密，是隱私

臺灣的進步和開放，有時比西方國家更有過之而無不及。回國不到一年，聽到、看到了在國外二十多年也未曾經歷過的聲、光與表演，確實大開眼界。性高潮與性解放，此起彼落，隨時有人發表意見。用身體做秀，赤身裸體的婚禮也是臺灣的獨有，我們的媒體很闊氣，一一照登，全程報導，完全不在乎人力的投資，以及下一代瞪大著眼睛好奇的注視後果。

也是才幾個月前吧！同樣的肉體秀，到學校去「教」孩子們，認識身體？我記得教書要修有教育學分才夠資格，幾時我們開放到「只要我願意，有什麼不能脫？」的地步？連學校的大門也開放給愛脫的人，到底我們要教給孩子的是什麼？如果是生理衛生，那麼身體的健康教育必不能免，如果是美術，則對美學的欣賞必須培養。我們隨便請人（或讓人）站在孩子面前，說或做一些非專業的指導「秀」，這種指導就是誤導，所留下的後遺症，絕非我們能想像的嚴重。在白紙上任意潑灑，也是另一種污染。愛秀是開放社會的附屬品，但是選擇學校為舞臺，是我們教育上的損失，必須要慎重思考。

說起「秀」，美國小孩從小就愛，因為愛秀，所以從小訓練有素，小學生，在學校中都有「Show and Tell」（說秀），讓小朋友把自己的最愛，不論玩具、寵物、植物或故事書等，帶到教室中，與同班同學分享。一方面訓練口才，養成不怯場，能思考與表達的能力，同時也培養孩子能傾聽他人說話，分享別人喜悅的同榮同樂之心，也是一種尊重態度的培養。但是隨便讓人到學校去表演脫秀，讓孩子指指點點，在開放的美國也從未聽說過。這之中，充滿了矛盾與困惑，我們真該三思而後行。

孩子的心思是好奇而純淨，在青春期前的小學階段，對自己的身體，對異性的同學，都難免好奇，我們要教育孩子的是「認識自己的身體」，讓孩子從正當的管道吸取知識，滿足自己的好奇心，尤其瞭解自己的身體結構、生理現象，讓孩子明白，身體不是秘密，而是隱私。對自己的身體、生理，越瞭解，就越懂得珍惜、保護，也更會尊重別人的隱私。尤其在發育中的孩子，父母師長如果能坦然與他們討論，正確的回答他們的問題，那麼性騷擾、強暴案等，也許可以減少發生的機會。

英國有一句諺語：「您的行為那麼大聲，我怎麼聽得見您的教誨？」指父母言教不如身教。同樣道理，我們社會接二連三出現亂象，孩子怎能視若無睹？

臺灣不大，我們又有最好的人材與經濟能力去發展自己的風格，但是這一切都要從教育著手。庸俗與高尚，其實並不難區分，讓生活中多些尊重隱私，少些譁眾取寵，心靈上就少了許多污染，這也是心靈改革的要務之一。

小腳穿大鞋

很久沒看到人打架，今天猛一看到，雖然是在電視上，還是覺得不可思議，幾個西裝畢挺的大人，情緒高昂，拳打腳踢，渾然忘了是在一個大會堂，而不是競技場。

小時候住在鄉下，常常看到夫妻吵架，甚至打架也有，左鄰右舍或街頭巷尾吵嘴罵街，圍攏了許多看熱鬧的人群，覺得很好奇，有時也會遠遠地觀望，不能理解為何「大人」有那麼多的怒氣。當時，我們這些小女生雖也吵架鬥嘴，但三天兩頭就合好如初，不像男生動不動就「撕殺」一番。我最怕看到那種好勇鬥狠的場面，總是躲得遠遠地，免得受到「拳頭皮」，無枉之災。

這些年來，在臺北街頭已很少看到吵架罵街的場面，國內的進步，從日常生活中顯現，店員的態度和善可親，公車也不再有車掌小姐的「晚娘」面孔。走在路上肩踵相接中，有人不小心撞到，也會賠個不是，總之，文明隨著生活的進步，也大有改善。意外的是現在從媒體上看到大肢體動作的畫面，不免大驚小怪（或少見多怪）。在國外生活多年，有點忘了兒時曾經看過的打架場面。在美國，偶有汽車相撞事故，都是互抄保險公司電話號碼，不帶些許情緒反彈。如今看到火爆鏡頭，才真正看到情緒失控的成人，其實比小孩更凶猛、更危險。

這使我想起了心理學上的研究報告，最近有位美國幼兒心理醫生，利用小男孩與小女孩對痛的情緒反應，推斷出男女兩性的行為表現。年幼的女孩，若碰到了桌椅，疼痛之餘，會用哭泣發洩痛覺。男孩子，則是用腳踢椅子桌子，發洩痛覺，也掩飾窘態（覺得丟臉）。這種現象延續到長大，逐漸形成兩種心態，女性對痛的情緒反應通常是哭泣，男性則較傾向於武力，或罵粗話發洩。「哭」則是很好的情緒紓解，打或踢卻有暴力的傾向，因此，所造成的行為反應，已經很明顯的有極大的不同。

越來越多的暴力事件中，證實了動手打人的大都是「男生」，仗著身強力壯而攻擊他人，尤其在情緒失控的家庭暴力事件中，幾乎受傷的都是女人。雖然「EQ」兩字已成了人人掛在嘴上的口頭語，但真正做起來，尤其是能掌握自己的情緒，懂得紓解情緒壓力，恐怕要從小開始學習。尤其在孩子的幼年教育中，情緒的疏導，對人身的尊重，以「人」為本位而不以性別差異的教育法，都不能忽略，社會需要人人以身作則，給孩子榜樣。

我總是在想，在情緒衝動下的舉動，有時是非常原始的行為，不知動了粗打了人的成人，在一拳或一腳出去後，要用多少的歲月去抹滅這個記憶？一個成長的軀體卻包著一顆未成熟的心理，有如小腳穿大鞋，也是非常辛苦的事。

能活得自在自如，情緒的安頓是基本，有合腳的鞋子，才能走長遠的路，
喜歡動粗打人的「勇士」，要慎思。

不必全盤複製

走在日本北部，仙台市的街上，兩旁綠樹成蔭，車輛安靜行駛，沒有市塵喧嘩與喇叭呼嘯，靜謐的晨間，散發著安詳的氣氛。北國的夏日，涼爽安詳，迥異於亞熱帶臺灣的暑氣迫人，我幾乎要愛上這小城。可是我又感到有一些勉強，不論走在東京的街上、京都的寺廟，或是仙台——此刻的心情，總是帶著些急迫與疑惑——也有淡淡感傷。

是那整齊劃一，規律得毫不出錯的效率？

還是那西裝革履、領帶、公事包，單調乏味的上班族寫照？那代表著權威與父權的男性社會色彩？

商店的店員，微笑鞠躬，客氣而有禮，小時候，總聽大人說：「日本人有禮無體」，日本人的禮貌，已經到了世界商標，連我們在臺北的百貨公司，有些電梯小姐也是小白帽，白手套，彎腰哈背，鞠躬如儀。也許我在美國生活太久，一向喜歡自由自在，這種過份的多禮和謙卑，令我非常於心不忍，總想告訴那年輕的小姐，禮貌就好，謙卑可免。進入商店，更受不了多禮的日本人，只好趕快出來透透氣。

最近讀到一本書，《世紀末》，書中有一段日本社會批評家加藤周一在接受美國《新見識》雜誌主編戴爾斯訪問時的談話，他提到日本式的禮貌，其實是拒絕溝通的一種方式——「防止情緒的衝突與爭辯，雖然合乎禮貌，卻只是表面不著邊際的客套，也是一種溝通上的面具」，在日本數日停留，頗有同感。加藤周一並且指出，「日本人」的禮貌，區分了自己人與外來人，當利益發生衝突時，所有的同情心與同理心，完全取決於是否自己人或外來人。從日本人對待越南船民或第三世界國家態度，皆可看出。當今世上，若不產石油，不買日本車的國家，日本人也沒什麼興趣去打交道的。

「富而有禮」是風度，「富而有義」卻是胸襟。什麼是泱泱大國？風度與胸襟必須兼容並存，禮貌容易學習，胸襟卻要高瞻遠矚的陶冶和拓展，正是島國所需要的素養。

記得有人說過，「旅行是讓一個人不斷的把自己的家園和異鄉，放在心的天秤上比較」，我正是如此的折磨自己。尤其是到了市區外，日本人的溫泉勝地——作並，簡直是世外桃源，天然的林木，綠色的山崗，露天的溫泉，我不知道一個人在忙碌之後，躺在溫泉中，還會有什麼遺憾。臺灣也是島國，也有溫泉，為什麼造不出世外桃源？卻有越來越擁擠侷促的感覺，如果我們學習那彎腰哈背的禮貌，自然也學得到那為老百姓謀求更好休閒活動空間的計畫。

日本人的包裝能力，確實過人，他們也有很強的組織能力，我們從外地來參加國際會議的人，每人都被招待得無微不至，連帶回家的禮物，也細心安排。不參加開會的眷屬，也有多采多姿的節目。日本花道、茶藝、琴、棋、書、畫，全以極簡單、極容易的方式傳授，美其名為「日本文化」，然後一一裝框拍照，變成了「自己的創作」。試想那些古箏與書法，在中國流傳了多少年？可從來沒人如此像日本一般，慎重其事的裝裱起來，讓那些從世界各地來日本開會的人士，洋洋得意的拎回家，向親友誇示：這是「我的」傑作，他們當然也更忘不了日本之行。

而這種包裝精美的能力，正是日本的特色。

「行萬里路勝讀萬卷書」，旅行的好處是，讓我們看到了書本外的生活面。日本之行卻也增加了我「自我折磨」、「自我省思」的空間，臺灣離日本太近，亦步亦趨或保持距離？固然值得思考。「拒絕溝通的禮貌」或「包裝精美的能力」或「模仿或創作」……見仁見智各有想法，我比較關心的是人與人之間相互尊重的思想，男尊女卑或權大氣粗的君國主義色彩，在步入國際化的今日臺灣，可以不必從日本複製過來。

有所為，有所不為

有一位朋友從法國回來定居已經三年，她說起剛回國時的一段心路歷程，仍然眼中含淚，情緒激盪，久久不能泰然。

她說剛回臺時，丈夫忙著工作，應酬又多，她因孩子還在小學，暫時辭去工作，全心教養兒女，但是在國外，週末假日是家庭時間，公餘之暇，全家一起活動，情感非常深厚，孩子也習慣了跟爸媽有說有笑的生活方式，回國後，爸爸成了工作的「機器」外，連夜晚、週末的時間也全被公事佔領。丈夫解釋也許剛回國，過一陣就會改善，為了實現心中的理想，滿足回國做事的心願，她也就盡力配合新的生活型態。

直到有一天，丈夫在國外的指導教授夫婦來臺訪問，由於在法國時兩家來往親密，有如一家人，所以特地要她也出席宴會，但是因為「眷屬」不被邀請，丈夫客氣的不便破例帶她出席，「人家都不帶太太，我怎麼好意思？」最後在她的堅持下，「妳後半場再來好了。」

在外國住久的人，尤其是夫婦，已經視為當然的「出雙入對」。如果邀請的客人，攜眷同行，主人一定也把太太帶著一起赴宴，而同被邀請的人，也皆攜伴同行，若未婚或離婚、單身等等，可帶一位「伴」(Date)，也可單獨赴宴，這是禮貌，事先皆要先跟主人報備，以便安排人數等等。

臺灣沒有這種文化，不攜眷參加，已成風氣，許多從國外回來的眷屬，常常跟我提及，剛回國定居時的不能適應，不是交通或污染的問題，而是整天見不到「另一半」。從早到晚，各忙各的，把自己的生活、休閒全投入在「公事」以及公事之外的「交際應酬」上，家庭生活，幾乎等於零，尤其對成長中的兒女，更是無暇顧及，也造成了負面的印象。

這雖然是一件小事，但也顯示著一個潛在的問題，而且會越來越嚴重。許多事的開始，都不是誰存心去犯錯、去冷落自己的家，但是，在沒有細思，沒有準備的心理狀況下，家人漸行漸遠，終至無法溝通。

我想每一個人都有主導自己的生活能力，雖然大環境中有一些不能由我們自己做主的事，但是生活是自己的，做為一位知識份子，這一點最基本的能力和權利，應該去維護，也值得堅持。至於如何維護、如何堅持，在相互尊重與相愛相助的婚姻生活中，必須要有溝通與共識，「有所為有所不為」，許多不應酬、不交際的人，仍然把事情也做得出色圓滿，事在人為，最重要的是風格，不是風氣。自己為人處事有獨自的風格，在多元化的社會中，不隨俗，也會受到尊重。

我們在談心靈改革的同時，有一點我們要強調的是「價值觀」的重建與組合，尤其「家庭」的地位，絕不能在「功利」「名利」的前提之下，逐漸淡薄，以致式微。而這一切，全賴於自己的用心與堅持。

家是心之所寄

那天應士林蘭雅國中父母成長班之邀，與他們共聚一堂，討論了「快樂家庭的經營」。題目是他們選的，但是正好也是我這些年來，在國外關心的重點。「家，是心之所在」，一個人，忙忙碌碌，如果沒有家人分享，一切的成就也都徒然，也毫無意義。世界往前在走，也捨棄了許多古老的價值觀念，然而，對「家」的存在與重視，卻是未曾改變，反而越來越受人珍惜。

不久前，美國今日新聞報導還大幅刊登消息，許多高位高薪的主管，毅然辭職，「回家陪孩子」，他們大都只有四十歲左右，事業如日中天，但是他們的理由是「工作壓力大而無意義，而生命太可貴，家人更可愛」，不想為高薪名位付出可貴的生命。在算計之後，經濟沒問題，金錢也買不到一切的情況下，「回家聞花香」，還可與家人多相處，每個人的反應都說非常值得。

成長班的父母，都是有心自我成長，也用心經營家庭快樂的人，我回來這一年，接觸了許多在成長班學習的父母，每個人的反應，也是肯定的，我喜歡看到她們容光煥發的臉，因為那是從學習中，得到的快樂，不是化妝品或美容可以妝扮的美麗。

心理學家榮格(Jung)說過：「人的快樂，來自於內在與外在的平衡與一致」。我想，許多的外在環境，我們無能為力，但是至少，在家的和諧上，在自我內外的一致上，我們可以追求得到，只要用心，也都有圓滿結果。

青春期的兒女，是父母最大的考驗，由於父母的管教是最有效的方式，歐美國家，已經在有形或無形中付諸實行。比較積極的據我所知，有北歐的芬蘭、瑞典，還有德國等，都付給母親薪資，亦即有年幼的孩子，若母親不上班，可拿到補助，因為孩子是國家未來的希望，沒有好好教養，成了問題少年，增加社會負擔，後果更為嚴重。目前我們各中學，皆有父母成長班，就是很好的種籽播撒工作，只是我們有必要做更多的推廣與鼓勵計畫。

在新舊交接，中西衝擊的現代社會中，一切的衝突是必然的現象，有人歸咎於我們傳統的保守，以致有今日開放後的不協調，也有人認為是開放後所帶來的西方影響。我以為一切的改變，既然是無法避免，不如去面對。只有從衝擊與改變中，尋求適應之道，這才是成長。

成長班的父母中，有人單獨挑起教養兒女的責任，有人學習自我成長，開拓生活空間，也有人分享養兒育女心得……各種潛能的發揮，有賴於自己踏出的第一步。我總相信有危機，也才有轉機，有改變，就有新境界。改變，是學習的開始，世界在日新月異中，突飛猛進，我們怎麼可以故步自封，保持不變呢！

就是因為這份欣賞與相投的心理，我對學習中的父母，充滿信心，相信有心的地方，就有希望，每一個家庭也會在用心經營中，得到快樂幸福。

惟有山林鎮自然

九月底，趁著在臺北停留的機會，到大陸旅遊，從北京到江南，中間並乘船遊三峽，在湖光山色，名山大川中，常常感到人類的渺小，仰望奇峰巨石，細數峽灣險灘，驚嘆於山河的壯麗雄偉，也更領悟到大自然沈默中的啟迪。康熙皇帝遊江南時，曾在無錫的惠林園留下許多御筆，其中一匾，「可惜色相非常住，惟有山林鎮自然。」想必位高權重的他，早有領悟，開疆拓土雖然重要，但留待後世珍藏受益的，絕非名位財富，《康熙字典》之編纂，文物史料之收集，都是留給後世可貴的資產，今人重利輕義，不知能否從大自然與歷史中學到些許？

我四年前來過，如今大陸已非昔日，北京城內，突飛猛進，儼然現代都市容貌，四線、六線大道，高架高速公路，如錦似帶，呈現著忙碌緊張的都市步調，只有穿梭其間的自行車、小托車，橫衝直撞與行人爭道，海峽兩岸，其實有許多相同的人文景觀，我不忍詬病，只覺熟悉，畢竟是五千年文化，曾共飲過長江水，許多日積月累的習性，已成共同傳統，連船行在長江上，往江中丟垃圾的行為，也是如出一轍，我多嘴提醒：「別污染了長江」，「怕什麼?江水早已渾濁。」答話中，了無愧色，偉大的民族自尊，永遠不屑於道歉一詞。

然而，清者自清，濁者自濁，長江仍然以其沈默，以其寬宏包容了世俗卑劣，船泊酆都，是迷信傳說中的鬼城，景點並無特殊，但在文革期間，竟然未受損害，據說因為被稱為「陰曹地府」的鬼城，有地獄與閻羅王在，為非做歹的小人最怕下地獄，幸有此一威鎮壓邪，懾住了紅衛兵的破壞，保留了從唐朝以來歷代建造的四十八座廟宇。「邪不敵正」「正可鎮邪」果然靈應。

人為的建築會受損害，大自然的景色，卻不分尊卑富貧，全可觀賞，有關三峽之詩句讚語，從唐朝以來經明、清以至現代，多少文人墨客，不乏雋句佳詞，李白的詩句，最為我所喜愛

朝辭白帝彩雲間，千里江陵一日還，
兩岸猿聲啼不住，輕舟已過萬重山。

白居易的

上有萬仞山，下有千丈水，
蒼蒼兩崖間，闊峽容一葦。

最能形容三峽壯麗。蘇東坡的

瞿塘迤邐盡，巫峽崢嶸起；
連峰稍可怪，石色變蒼翠。

寫盡了三峽的奇峰異石。然而，無論如何，文人筆下的三峽只是他們眼中心中的映像，人生不可錯過的奇峰峻嶺，峽壁江聲，還是要自己去欣賞，去經歷。人類不必「登泰山而小天下」，但是「遊三峽而愛江山」，如此的好山好水，我們怎能不珍惜？

三峽建壩已經開始，船行葛州壩，徹夜燈火輝煌，趕工加建，人與大自然和諧相處，才能相互受惠共享。雖然景觀的改變要到公元二〇〇三年以後才會顯現，屆時，也許湖光山色依然壯麗，但是受創的大自然，沈入海底的歷史古蹟，山林田野，只有我們的子孫去承擔。思及此，不免為後代浩嘆，山林的砍伐，江水的改道，截流加水，為了更大更高的工業發電與生產價值，點點滴滴中，好山好水好風光，古道古風古文化全成了祭品。

忍不住又多看了一眼江山景色，「可惜色相非常住，惟有山林鎮自然。」星移物換中，但願人類短暫的駐留，不要破壞了我們生存的星球，畢竟，人類只是過客，而山林與大自然，日月與天地，才是永恆。

後記

校對完三民書局寄來的新書稿——《送一朵花給您》已是耶誕節前夕，放眼窗外，是一片雪白冰晶的世界。昨夜氣溫驟降，一夜之間天寒地凍，大地已全在白色世界覆蓋之下。回想去年在故鄉度過的一年，與文友家人共聚，參與座談會，帶動家長成長團體，以及全家在天祥共度的耶誕節，那溫馨的感覺一時讓我忘記了外面寒冷的氣溫。多年居住國外，幸有手中握著的這枝筆搭起橋樑，有讀者的熱情溫暖常為冰雪所困的身心。

這本書是我在臺灣一年的紀錄，從臺灣現象到美國近況，從故鄉風味到情緒調適，從觀念轉移到文化認知，一年中我分秒必爭，不曾放棄機會，也把握可以提供所學的服務，與故鄉的新知舊雨交換學習。我珍惜這段可貴的人生經驗，更慶幸自己用筆記錄了點點滴滴的心路歷程。

感謝林主委澄枝女士、好友劉靜娟女士，百忙中為本書寫序，《新生報》袁圓圓與《美國世界日報》田新彬兩位主編提供園地，更感謝三民書局對文化事業的敬重精神，使我的書能受到專業而完善的經營。

要感謝的人太多，如果沒有讀者的支持與愛護，在異鄉，在使用英文的國家，我不會繼續使用中文寫作。我也因此沒有徬徨失落。

這是我要深深感謝的。

一九九八年耶誕節

三民叢刊書目

㉖作家與作品　謝冰瑩著
㉗冰瑩書信　謝冰瑩著
㉘冰瑩遊記　謝冰瑩著
㉙冰瑩憶往　謝冰瑩著
㉚冰瑩懷舊　謝冰瑩著
㉛與世界文壇對話　鄭樹森著
㉜捉狂下的興嘆　南方朔著
㉝猶記風吹水上鱗　余英時著
　・錢穆與現代中國學術
㉞形象與言語　李明明著
　・西方現代藝術評論文集
㉟紅學論集　潘重規著
㊱憂鬱與狂熱　孫瑋芒著
㊲黃昏過客　沙　究著
㊳帶詩蹺課去　徐望雲著
㊴走出銅像國　龔鵬程著
㊵伴我半世紀的那把琴　鄧昌國著
㊶深層思考與思考深層　劉必榮著
　・轉型期國際政治的觀察
㊷瞬　間　周志文著

㊸兩岸迷宮遊戲　楊　渡著
㊹德國問題與歐洲秩序　彭滂沱著
㊺文學關懷　李瑞騰著
㊻未能忘情　劉紹銘著
㊼發展路上艱難多　孫　震著
㊽胡適叢論　周質平著
㊾水與水神　王孝廉著
　・中國的民俗與人文
㊿由英雄的人到人的泯滅　金恆杰著
　・法國當代文學論集
(51)重商主義的窘境　賴建誠著
(52)中國文化與現代變遷　余英時著
(53)橡溪雜拾　思　果著
(54)統一後的德國　郭恆鈺主編
(55)愛廬談文學　黃永武著
(56)南十字星座　呂大明著
(57)重疊的足跡　韓　秀著
(58)書鄉長短調　黃碧端著
(59)愛情・仇恨・政治　朱立民著
　・漢姆雷特專論及其他

(60) 蝴蝶球傳奇　顏匯增 著
・真實與虛構
(61) 文化啓示錄　南方朔 著
(62) 日本這個國家　章　陸 著
(63) 在沉寂與鼎沸之間　黃碧端 著
(64) 民主與兩岸動向　余英時 著
(65) 靈魂的按摩　劉紹銘 著
(66) 迎向眾聲　向　陽 著
・八〇年代臺灣文化情境觀察
(67) 蛻變中的臺灣經濟　于宗先 著
(68) 從現代到當代　鄭樹森 著
(69) 嚴肅的遊戲　楊錦郁 著
・當代文藝訪談錄
(70) 甜鹹酸梅　向　明 著
(71) 楓　香　黃國彬 著
(72) 日本深層　齊　濤 著
(73) 美麗的負荷　封德屏 著
(74) 現代文明的隱者　周陽山 著
(75) 煙火與噴泉　白　靈 著

(76) 七十浮跡　項退結 著
・生活體驗與思考
(77) 永恆的彩虹　小　民 著
(78) 情繫一環　梁錫華 著
(79) 遠山一抹　思　果 著
(80) 尋找希望的星空　呂大明 著
(81) 領養一株雲杉　黃文範 著
(82) 浮世情懷　劉安諾 著
(83) 天涯長青　趙淑俠 著
(84) 文學札記　黃國彬 著
(85) 訪草（第一卷）　陳冠學 著
(86) 藍色的斷想　陳冠學 著
・孤獨者隨想錄
A・B・C全卷
(87) 追不回的永恆　彭　歌 著
(88) 紫水晶戒指　小　民 著
(89) 心路的嬉逐　劉延湘 著
(90) 情書外一章　韓　秀 著
(91) 情到深處　簡　宛 著
(92) 父女對話　陳冠學 著

⑨³陳冲前傳　嚴歌苓著
⑨⁴面壁笑人類　祖慰著
⑨⁵不老的詩心　夏鐵肩著
⑨⁶雲霧之國　合山究著
⑨⁷北京城不是一天造成的　喜樂著
⑨⁸兩城憶往　楊孔鑫著
⑨⁹詩情與俠骨　莊因著
⑩⁰文化脈動　張錯著
⑩¹桑樹下　繆天華著
⑩²牛頓來訪　石家興著
⑩³深情回眸　鮑曉暉著
⑩⁴新詩補給站　渡也著
⑩⁵鳳凰遊　李元洛著
⑩⁶文學人語　高大鵬著
⑩⁷養狗政治學　鄭赤琰著
⑩⁸烟塵　姜穆著
⑩⁹河宴　鍾怡雯著
⑪⁰滬上春秋　章念馳著
⑪¹愛廬談心事　黃永武著
⑪²吹不散的人影　高大鵬著
⑪³草鞋權貴　嚴歌苓著
⑪⁴是我們改變了世界　張放著
⑪⁵夢裡有隻小小船　夏小舟著
⑪⁶狂歡與破碎　林幸謙著
⑪⁷哲學思考漫步　劉述先著
⑪⁸說涼　水晶著
⑪⁹紅樓鐘聲　王熙元著
⑫⁰寒冬聽天方夜譚　保真著
⑫¹儒林新誌　周質平著
⑫²流水無歸程　白樺著
⑫³偷窺天國　劉紹銘著
⑫⁴倒淌河　嚴歌苓著
⑫⁵尋覓畫家步履　陳其茂著
⑫⁶古典與現實之間　杜正勝著
⑫⁷釣魚臺畔過客　彭歌著
⑫⁸古典到現代　張健著
⑫⁹帶鞍的鹿　虹影著
⑬⁰人文之旅　葉海煙著

(131) 生肖與童年　小民著
(132) 京都一年　林文月著
(133) 山水與古典　林文月著
(134) 冬天黃昏的風笛　呂大明著
(135) 心靈的花朵　戚宜君著
(136) 親　戚　韓　秀著
(137) 清詞選講　葉嘉瑩著
(138) 迦陵談詞　葉嘉瑩著
(139) 神　樹　鄭　義著
(140) 琦君說童年　琦　君著
(141) 域外知音　張堂錡著
(142) 遠方的戰爭　鄭寶娟著
(143) 留著記憶・留著光　陳其茂著
(144) 滾滾遼河　紀　剛著
(145) 王禎和的小說世界　高全之著
(146) 永恆與現在　劉述先著
(147) 東方・西方　夏小舟著
(148) 嗚咽海　程明琤著
(149) 沙發椅的聯想　梅　新著
(150) 資訊爆炸的落塵　徐佳士著
(151) 沙漠裡的狼　白　樺著
(152) 風信子女郎　虹　影著
(153) 塵沙掠影　馬　遜著
(154) 飄泊的雲　莊　因著
(155) 和泉式部日記　林文月譯・圖
(156) 愛的美麗與哀愁　夏小舟著
(157) 黑　月　樊小玉著
(158) 流香溪　季　仲著
(159) 史記評賞　賴漢屏著
(160) 文學靈魂的閱讀　張堂錡著
(161) 抒情時代　鄭寶娟著
(162) 九十九朵曇花　何修仁著
(163) 說故事的人　彭　歌著
(164) 日本原形　齊　濤著
(165) 從張愛玲到林懷民　高全之著
(166) 莎士比亞識字不多?　陳冠學著
(167) 情思・情絲　龔　華著

⑰⑤ 談歷史　話教學

張　元　著

作者以二位高一新生對歷史課程的困惑為引子，藉著師生座談對話的方式，從北京人時代到西晉，針對高中歷史教材，試圖以「史料閱讀」的方法鮮明地建構各代的歷史圖像，在活潑的對白間既談歷史意涵又話歷史教學，相當適合高中教學的參考。

⑰⑥ 兩極紀實

位夢華　著

任何人想要親臨兩極之地恐怕都不是件容易的事。作者因從事研究工作之便，足跡跨越兩極，將在極地所見所聞之動物奇觀、自然景致乃至當地所受文明衝擊，或以幽默輕鬆，或以深沈關懷的筆調娓娓道來，是無緣親至極地的讀者絕不可錯過的佳作。

⑰⑦ 遙遠的歌

夏小舟　著

世上只有兩種人，男人和女人。然而男女之間的恩愛情仇，卻糾葛難解。本書作者以一篇篇幽默的短篇故事，道盡世間男女的愛恨嗔痴。在她細膩委婉的筆下，愛情的本質和婚姻的面貌都一一呈現，必可帶給你前所未有的感受與體悟。

⑰⑧ 時間的通道

簡　宛　著

「人生，是一條時間的通道，每一個人所走的方向和目標雖然不一樣，但是經過的路程卻是相似的……」當人們沈溺於歲月不待人的迷茫和感嘆時，作者平實的筆調將帶著我們對生活多用一點心思和一點執著，會使我們的「通道」裏，留下一點痕跡。

⑰ 燃燒的眼睛

簡宛 著

作者以自身多年來在美國的異域生活為背景，輔之敏銳的觀察力、豐富的情感、濃郁深摯的筆調，從而幻化出一篇篇感人肺腑的故事。尤其對於旅居海外異鄉遊子們的心境描寫更是深刻動人，是一本值得再三玩味的小說。

⑱ 月兒彎彎照美洲

李靜平 著

沒來美國時還不知那生活啥款；來了才知樣——啊！真夭壽！ 來到美國，是穿梭在黑白紅黃人群間；或在房裡看華語電視？是在壁爐邊吃耶誕大餐；還是窩伴著一桌熱火鍋？在忙碌的陽光下，可想起夜空裡一彎新月？月兒彎彎，訴說的又是誰的故事？

⑱ 愛廬談諺詩

黃永武 著

諺詩，是指用諺語聯成的詩，由於聯接巧妙加上意外組合，因此往往會有不可料想的妙趣出脫。如捉豬上板櫈，走馬看天花；成人不自在，做鬼也風流，等等。本書將帶你悠遊中國式幽默，探索諺語的源頭，喜愛好書的你，可千萬不能錯過！

⑱ 劉真傳

黃守誠 著

劉真，一位自四十年代開始影響國內教育最鉅的教育家。本書自劉真先生家學淵源寫起，隨著時間軌跡，記錄了他如何在風雨飄搖的年代裡為教育此類百年大業做出努力；因此雖然本書為劉真先生個人傳記，卻同時也是了解現今教育體制的最佳參照。

183 天涯縱橫

位夢華 著

以兩極生態氣候的研究為基礎，作者建構了此書的論理與想像世界。內容從極地景致、開拓艱辛及天文物理觀念，引申至有關宇宙天人及環保的許多想法，包容科學與文學，兼具知性與感性。讓您在該諧而深切的筆調中，激發對地球的關懷與熱愛。

184 新詩論

許世旭 著

中國詩歌，無論新舊，是一座甘泉，若不掬飲，口渴神焦，……。作者係韓國人士，長年沈浸在中國文學之中，對於在中國新詩的源起及兩岸新詩風格的異同，均有獨到而精闢的見解。是讀者拓寬視野，更深入了解中國新詩之發展所必備的好書。

185 天　譴

張　放 著

「一不埋怨天，二不埋怨地，只是咱家命不濟，生長在這亂世裡。」于祥生，一位山東流亡學生，民國三十八年隨政府搭乘濟和輪來到澎湖，卻萬萬沒料到會遭逢一場史無前例的政治騙局，他的人生、情愛就在這時代悲劇與宿命的安排下，無奈地上演。

186 綠野仙蹤與中國

賴建誠 著

一本融和理性與感性的著作，以經濟分析的專業素養，將關懷的筆觸，延著供需曲線帶進閱讀的天空。那一篇篇翔實的數據，是驗證生活的另一種形式；那一篇篇雋詠的小品，則是理性思維的靠墊。不管你來自士農工商，本書都能提供一場知性洗禮。

⑱⑦ 標題飆題

馬西屏 著

一個出色的報紙標題不僅要精簡準確地傳達新聞訊息，更要能表現文字的優美和趣味，這可是一門藝術。近年來報紙解禁，各種充滿巧思創意的標題紛紛跳上版面，等著要攫取你的注意。小心！一場報刊標題的革命正在編輯枱上悄悄進行……

⑱⑧ 詩與情

黃永武 著

詩以情為主，作者長期浸淫於古典情詩，擷採珠玉，編綴出男女的愛情、家人的親情、入世的世情與出世的忘情種種世態人情。文中所引，首首如新摘茶筍，簇新可喜，且解說精要，切緊詩旨，能帶給您全新的視野與怡然的感受。

⑱⑨ 鹿夢

康正果 著

從大陸西安到新大陸東岸的小鎮，不同的國度有著不同的風土民情，但在作者細膩的心思與敏銳的觀察力之下，它們之間起了微妙的關聯。長期旅居海外的作者，將他生活中的點點滴滴，轉化成一篇篇清雅的散文精品，將讓您領會閱讀的雋永與甘美。

⑲⓪ 蝴蝶涅槃

海男 著

「一個生活在舊時代的女人，她生活在男人之中不如說是生活在戰爭之中，她生活在戰爭之中不如說是生活在蝴蝶之中。一個生活在蝴蝶之中的穿中國旗袍的女人，其靈魂終究會像蝴蝶一樣四處飛翔。」而她的歸宿，竟在何方？

⑲1 半洋隨筆

林培瑞　著

本書是林培瑞教授一篇篇關於他對中國的研究、感想、社論、訪問等合集。作者熱愛中國文化，對當代中國的社會、政治、文學、藝術等無不關心；綠眼黃髮，是位十足的「洋人」，但他對中國的關懷，無不流露在字裡行間，值得我們細細品味與深思。

⑲2 沈從文的文學世界

王繼志
陳龍　著

沈從文，一個身處於三〇年代的作家，如何在這動盪的中國社會環境中，發揮自己創作及人格上的獨特性，以享有「中國的大仲馬」的美譽呢？作者由政治學、社會學、美學等多種不同角度切入，帶領我們逐步探索沈從文謎一般的文學世界。

⑲3 送一朵花給您

簡宛　著

本書作者自離臺赴美留學後，便長期旅居美國，迄今已逾二十年。書中有著許多海外生活的點滴，又有往來中國大陸、美國、臺灣所觀察到的各種社會現狀，有針砭亦有從關懷出發的諄諄叮嚀，使得全書層次豐富，文趣盎然。

⑲4 波西米亞樓

嚴歌苓　著

作者為生於上海、旅居海外的優秀作家。本書除蒐羅其在美生活點滴、寫作歷程及心得，更有對書作、電影之所感所懷。洗鍊的文筆、豐華的文采，加之發自心靈深處的感動，這一篇篇雋永、情摯的佳作，縮短了作者與讀者間的距離。

⑲⑤ 化妝時代

陳家橋 著

陳，在一次陌生人闖入的情形下，成為一個殺人的疑犯，他必須找尋凶手，找尋這個和他打扮一樣的陌生人；就在他從化妝師那尋找線索時，他落入一個如真似幻的情境，在無法自拔時，他被指為瘋子，被控謀殺，他要如何去面對這一切的問題……。

⑲⑥ 寶島曼波

李靜平 著

年少時天真得令自己淪為笑柄的悲慘遭遇，事過境遷後往往反為記憶中開心的片段。本書中收錄著作者兒時的種種突發奇想，那屬於孩提時代的天真、忘我，有的令人噴飯，有些令人莞爾。在兒時距我們越來越遠的當兒，本書絕對讓你返老還童。

⑲⑦ 只要我和你

夏小舟 著

本書作者早年負笈日本，而後旅居美國。儘管足跡從保守的東方跨入開放的西方，但作者對兩性情感世界的關注卻不曾稍減。書中所收一篇篇帶著遺憾的真實故事，不甚完美的結局，恰能提供你我一個正視情感與人性的機會。

⑲⑧ 銀色的玻璃人

海男 著

「林玉媚走進了花園深處，她想看看吹奏薩克斯風的這個人是誰？……」是什麼樣一段不為人知的記憶，輕輕撩撥這即將邁入三十的女醫生心絃？循著四月天的癌症病房，她慢慢鋪陳出一段段似有若無的感情軌跡，讓心隨著它一同飛翔。

國家圖書館出版品預行編目資料

送一朵花給您／簡宛著. --初版. --臺北市：三民，民88

面；　公分. --(三民叢刊；193)

ISBN 957-14-2929-5 (平裝)

855　　87016927

網際網路位址　http://www.sanmin.com.tw

著作人　簡　宛

發行人　劉振强

著作財產權人　三民書局股份有限公司
臺北市復興北路三八六號

發行所　三民書局股份有限公司
地　址／臺北市復興北路三八六號
電　話／二五〇〇六六〇〇
郵　撥／〇〇〇九九九八——五號

印刷所　三民書局股份有限公司

門市部　復北店／臺北市復興北路三八六號
重南店／臺北市重慶南路一段六十一號

初　版　中華民國八十八年三月

編　號　S 85452

基本定價　叁元貳角

行政院新聞局登記證局版臺業字第〇二〇〇號

ISBN 957-14-2929-5 (平裝)